康奈尔·伍里奇黑色悬疑小说系列

入 夜

[美]康奈尔·伍里奇 著

吴宝康 译

上海文艺出版社
Shanghai Literature & Art Publishing House
上海故事会文化传媒有限公司

康奈尔·伍里奇黑色悬疑小说系列（全18种）

编委会

总策划 夏一鸣

主　编 黄禄善

副主编 高　健

编辑成员（按姓氏拼音为序）

蔡美凤　高　健　洪圣兰　胡　捷

黄禄善　唐　祯　吴　艳　夏一鸣　朱鉴滢

#　　序　言

你见过妻子为丈夫的情妇洗冤吗？见过杀手恋上自己的谋杀目标吗？还有弃妇嫁给死人、员工携带老板爱妻逃亡、富豪邮购致命新娘，等等。所有这些令人心颤的诡谲事件，或者说，诞生在西方资本主义世界的怪胎，都来自康奈尔·伍里奇（Cornell Woolrich, 1903—1968）的黑色悬疑小说。黑色悬疑小说，又称心理惊险小说，是西方犯罪小说的一个分支。它成形于20世纪40年代，在50年代和60年代最为流行。同硬派私人侦探小说一样，这类小说也有犯罪，有调查，然而它关注的重点不是侦破疑案和惩治罪犯，而是剖析案情的扑朔迷离背景和犯罪心理状态。作品的叙事角度也不是依据侦探，而是依据与某个神秘事件有关的当事人或案犯本身。伴随着男女主角因人性缺陷或病态驱使，陷入越来越可怕的犯罪境地，故事情节的神秘和悬疑也越来越强，从而激起了读者的极大兴趣。

康奈尔·伍里奇被公认是西方黑色悬疑小说的鼻祖。他出生于美国纽约,幼年即遭遇父母离异的不幸。在前往父亲工作的墨西哥生活了一段时期之后,他回到了出生地,同母亲相依为命。1921年,他进入了哥伦比亚大学,但不多时,即对平淡的学习生活感到厌倦,并于一场大病之后退学,开始了向往已久的职业创作生涯。1926年,他出版了长篇处女作《服务费》,接下来又以极快的速度出版了《曼哈顿恋歌》等五部长篇小说。这些小说均被誉为"爵士时代小说"的杰作,尤其是《里兹的孩子》,为他赢得了《大学幽默》杂志举办的原创作品大奖,并得以受邀来到好莱坞,将小说改编成电影剧本。1930年,"事业蒸蒸日上"的康奈尔·伍里奇与电影制片商的女儿结婚,但这段婚姻只维持了几个星期便因他本人的恋母情结和同性恋倾向而告终。此后,康奈尔·伍里奇一度意志消沉,创作也连连受挫。一怒之下,他销毁了全部严肃小说手稿,转向通俗小说创作。1940年,他的第一部黑色悬疑小说《黑衣新娘》问世,顿时引起轰动,他由此被称为"20世纪的爱伦·坡"和"犯罪文学界的卡夫卡"。紧接着,他又以自己的本名和笔名陆续出版了17部国际畅销书,其中的《黑色帷帘》《黑色罪证》《黑夜天使》《黑色恐惧之路》《黑色幽会》同《黑衣新娘》一道,构成了著名的"黑色六部曲"。其余的《幻影女郎》《黎明死亡线》《华尔兹终曲》《我嫁给了一个死人》,等等,也承继了同样的黑色悬疑风格,颇受好评。与此同时,他也在《黑色面具》等十几家通俗杂志刊发了大量的中、短篇黑色悬疑小说。这些小说同样受欢迎,被反复结集出版。然而，巨额稿费收入并没有给他带来精神愉悦。他依旧"像一只倒扣在玻璃瓶中的可怜小昆虫"，徒劳挣扎，郁郁寡欢。自50年代起，因酗酒过度，加之母亲逝世的沉重打击，康奈尔·伍里奇的健康急剧恶化，他的一条腿因感染未及时医治而被截除。1968年，康奈尔·伍里奇在孤独中逝世，死前倾其所有财产，以母亲名义为母校哥伦比亚大学设立了一项教育基金。

康奈尔·伍里奇的黑色悬疑小说引起了众多作家的模仿。最先获得成功的是吉姆·汤普森（Jim Thompson，1906—1977）。他的《我心中的杀手》等小说以破案解谜为线索，表现罪犯的犯罪心理，从多个层面反映小人物的重压。稍后，霍勒斯·麦考伊（Horace McCoy，1897—1955）和戴维·古迪斯（David Goodis，1917—1967）又以一系列具有类似特征的作品赢得了人们的瞩目。20世纪50年代至60年代，黑色悬疑小说层出不穷，代表作家有查尔斯·威廉姆斯（Charles Williams，1909—1975）、哈里·惠廷顿（Harry Whittington，1915—1989），等等。同康奈尔·伍里奇和吉姆·汤普森一样，这些作家注重塑造处在社会底层、具有人性弱点或生理缺陷的反英雄，但各自有着独特的创作手法和成就。

康奈尔·伍里奇的黑色悬疑小说还引发了战后西方黑色电影浪潮。自1937年起，依据康奈尔·伍里奇的长、中、短篇黑色悬疑小说改编的电影即频频出现在美国各大影院，并进一步成为好莱坞电影制作的主要来源，尤其是1954年，阿尔弗雷德·希区柯克(Alfred Hitchcock，1899—1980)执导的电影《后窗》赢得了爱伦·坡奖，将这种改编推向了高潮。据不完全统计，20世纪40年代至60年代，共有35部康奈尔·伍里奇的作品被改编成电影，其数目远远超过达希尔·哈米特(Dashiell Hammett，1894—1961)和雷蒙德·钱德勒(Raymond Chandler，1888—1959)。不久，这股康奈尔·伍里奇作品改编热又延伸到了南美、德国、意大利、土耳其、日本、印度，尤其是《黑衣新娘》和《华尔兹终曲》，在法国持续引起轰动。80年代和90年代，康奈尔·伍里奇作品又被西方各大媒体争先恐后改编成电视连续剧、广播剧。与此同时，新一波电影改编热又悄然兴起。直至2001年，美国著名影视剧作家迈克尔·克里斯托弗(Michael Cristofer，1954—)还将《华尔兹终曲》改编成了电影《原罪》，广受好评。2012年，《后窗》又被改编成百老汇音乐剧。2015年至2019年，作为好莱坞经典保留剧目，电影《后窗》再次在美国各大影院上映，引起轰动。

　　这套丛书汇集了康奈尔·伍里奇的18部黑色悬疑小说，包括16部长篇和2部中短篇，是迄今国内译介康奈尔·伍里奇的品种最齐全、内容最丰富的一个系列。这些小说既有爱伦·坡和卡夫卡的印记，又有硬汉派侦探小说的风格，但最大特色是制造了紧张的恐怖悬念。作品大多数以美国经济萧条时期的大都市为背景，着力表现人性的阴暗面和人生的残忍、污秽、挫败以及虚无。譬如《黑衣新娘》，描述一个神秘女子伪装成不同的身份和外表对多个男性疯狂复仇，起因是多年前那些人枪杀了她的丈夫，从那时起，她就誓言血债血偿，其手段之残忍，令人咋舌。而《黑色幽会》则描述一个男子的未婚妻被五名男子的空中抛物致死，其心灵被疯狂滋长的复仇欲望所扭曲，并渐至迷失本性。在难以言状的病态心理驱使下，他将这五名男子最心爱的女人一个个杀死。与此同时，他也成为可悲的社会牺牲品。

同这类以罪犯为男女主角的小说相映衬的是另一类以受到陷害、孤立无援的无辜者为男女主角的作品。《黑色帷帘》和《幻影女郎》堪称这方面的代表作。在《黑色帷帘》中，男主角脑部遭受重击丧失记忆力，过去的生活片段如梦魇般在内心煎熬。他渐渐回忆起自己曾被人陷害，是一起谋杀案的疑犯。而要洗清嫌疑，他必须恢复记忆。伴随着支离破碎的回忆，他极度害怕自己就是真凶。无独有偶，《幻影女郎》中的男主角与妻子吵架负气出门，在与陌生女郎约会之后，发现妻子被杀，自己则被控告行凶，判处死刑。本可以证明他清白的神秘女郎，却仿佛人间蒸发一般，而那晚所有见过他的人，都不记得他曾与女郎在一起。随着行刑日期接近，所有寻找女郎的努力都以失败告终。即便他本人也开始怀疑，是否真有这样一位女郎存在。

为了增加作品的悬疑，特别是中、短篇小说中的悬疑，康奈尔·伍里奇也会仿效一些传统侦探小说的写法，描述一些出人意料的谋杀奇案。如《死亡预演》描写身穿宫廷裙服的女演员突然被烧死，警方必须弄清楚罪犯（伴舞者中的一个）如何在一大群伴舞者中放火杀人。而《自动售货机谋杀案》要解决的则是罪犯如何利用自动售货机毒杀三明治购买者。除了一些常见的布局手法，暗示超自然力量的存在也是康奈尔·伍里奇解释某些罪案发生的方法之一。《眼镜蛇之吻》述说一个离奇的印第安妇女能将毒蛇的毒液转移至其他物品。《疯狂灰色调》描述一个坚持要解读出"乌顿"（一种巫术）秘密的乐师。《向我轻语死亡》则以一个先知谶语来展开叙述。面对通灵师预言女孩的叔叔将在两天后被雄狮咬死，警察该如何阻止这场事先张扬且没有罪犯的命案？被预言逼得精神失常的叔叔又该如何保护自己？所有人是否能在死亡期限之前揭开阴谋面纱？诸如此类的谜底，将在"康奈尔·伍里奇黑色悬疑小说系列"中一一找到答案。

黄禄善

Contents

静夜冤魂 /1
为斯塔尔活下去 /13
走进别人的昨天 /27
初识歌手德尔 /67
德尔谈前夫 /88
惊魂涉嫌幸脱身 /114
都市何处觅维克？/166
步入维克的世界 /198
意外的结局 /225

静夜冤魂

起初还有音乐。她的小收音机里播放着流行歌曲，但音量之低不足以妨碍她的思绪。窗外的天色已暗，她起身穿过房间，打开电灯，随即又改变了想法，关了电灯。心情使然，她又关掉了收音机。

还是坐在黑暗中吧，马德琳思忖着，还是坐在黑暗中，坐在寂静中吧。

话虽如此，你就只有自己的思绪陪伴着了。可这几天，她的心绪糟糕透顶，成了一个纷乱的漩涡，旋转着将她深深地吸入自身，迫使她正视自己不愿意正视的自身部分。但如真的想把黑暗看得太清楚，想把那些纷乱的思绪理得太明确是办不到的。所以整个世界都让收音机歌声嘹亮，让灯光亮如白昼。这样就能完全淹没你的思绪，才能安全地把黑暗置于绝境了。

但有时你再也无法这么做了。

她一动不动，内心激烈搏斗着，想在迷雾般的混乱思绪中砍出一条出路来。究竟在那里坐了多久了？她不知道。她手上戴了个手表，但她根本不看。

最后，她不假思索地站起身来，走向壁柜。透过打开的窗户照进来的光线足够亮了，她行走时不会磕磕绊绊了。这个小房间她太熟悉了，住得很久了，即便在漆黑的夜晚，闭上眼睛她也能行走自如。

她踩上一个箱子，以便够得到壁柜最上层的架子。在架子上，她的手伸进另一个箱子，摸索到一个内装硬物的软包。她把软包从箱子里取出来，离开壁柜，回到刚才一直坐的椅子，又坐了下去。

这只有拉带的天鹅绒包曾用来装过一瓶加拿大威士忌酒，而此刻却装着某种更为直接致命的东西。

一把手枪。

她解开拉带，从天鹅绒包里取出了手枪。手枪的气味似乎充斥着整个房间，这气味混合着金属味和机油味，她幻想着还能闻到火药味呢。也许，自从上次擦枪之后曾开过枪了吧。当然，更为可能的是，火药味是她的想象所致。这支枪是她父亲的，但据她所知，父亲从未开过枪。

他没有开枪的必要。他缓慢地自杀，其方式更能被社会接受，不会那么丢脸和出丑。

他用的是威士忌酒。起先喝的是昂贵的加拿大威士忌酒，也就是曾放在这个天鹅绒包里的那种。之后，在临近其生命终结时，喝的是廉价的黑麦威士忌酒和廉价的加利福尼亚葡萄酒。直到某个晚上，他们告诉她说，他突然发病，死在街上。

他留下了当时身穿的衣服，另外还有很少几件替换的衣服，几乎都不值得捐赠给救世军。他还留下了一个马尼拉纸信封袋，里面有几封旧信、几张明信片以及一些剪报，都没什么价值。她也懒得弄明白这些东西有什么意义，早就全部扔进火炉里一烧了之。他留下的这把枪，这把左轮手枪，是留给他独生女的唯一遗产。

就是这把手枪，这把金属手枪在她手里冷冰冰的，在这个带家具的小房间里，手枪的气味令人感到压抑。

这算是什么遗产，什么临别赠品！

万一你真想杀了某人，马德琳，或者万一你真想自杀。

真是太奇怪了，这些年来他一直保存着这把手枪，却让自己慢慢地、悄悄地死去！她想着，你可能会觉得他要么就扔了这把手枪，要么就用它自杀吧。可他死去时手枪还在他房间里呢，真是不可思议至极！而那几个搜查房间的警察居然把手枪还给了她，倒也没有没收了自己派用场。所以，这把手枪就在她的手里，她

3

愿意的话，随时可以使用。

她不想放下这玩意儿。两手交替把玩着手枪，用食指勾着扳机，拇指抚摸着枪柄。她举枪伸直手臂，眼睛扫过房间里的各种物件，用枪轮流瞄准小收音机、电灯，以及房间远角的黑暗处。她瞄准着，感觉到食指勾着的扳机微微颤抖，仿佛是有生命似的，但她最后没有扣动扳机，那个扣动可会把想象立刻变成现实的。

为什么还留着这玩意儿？为什么还把手枪放在自己住的房间里？

因为，她想这可是父亲留给她的一切啊，但她又觉得不是。她曾想都没想就把父亲的各种信件明信片什么的一股脑地全扔进了火炉，还送掉了他的衣服。却保留了手枪，因为——

因为她明白她肯定会有用到它的时候。

一想到这儿，她的血液就变凉了。是这样的吗？她父亲留给她的最后礼物即将成为结束她生命的工具吗？

把手枪收起来吧，她对自己说，放回那个包里吧。等到早晨了，阳光把夜晚的胡思乱想赶走了，就把手枪拿出来扔掉吧。扔在垃圾箱里或者下水道里吧。在手枪把你的小命扔掉之前，先把手枪扔了吧。

这把枪还能用吗？这把枪的子弹上膛了吗？她所知道的是手枪里没有子弹，发射机关早就生锈关死了，这玩意儿只能做镇纸派用场了。可她又不这么想。似乎在她手里这把枪仍可发出谋杀的能量，仿佛这把手枪是个显而易见的活物，还存在着毁灭，存在着谋杀的能力。

她把枪管伸进嘴里，用舌头尝了尝金属的味道。

感觉到了扳机的颤抖。

她又把枪管从嘴里拿出来，顶在太阳穴上；她把枪管又插进耳朵，随后又顶在喉咙处，这样就触到了一个脉动点。她想，只消挤压一下扳机，顷刻之间就没有脉动了，也没有内心的种种思绪了，没什么了，什么都没有了。

可是究竟为什么呀？

她想，那就是奇怪之处了，因为这个问题无解。为什么她要自杀？因为她觉得生活空虚，因为没有理由不自杀。但难道那就是这样做的理由吗？出于同样原因，她可以争辩说只要没有理由说她不该生活下去，那么她就应该继续生活下去。

理由很多。

难道人们都有理由才这样做？甚至他们真需要什么理由吗？生活毕竟不是一个逻辑问题。你没有因为解决这个问题而获奖，这也无妨，因为还没人能解决这个问题呢。无论有没有自杀的理由，还是有些人自杀了。

打开电灯，她又胡思乱想了一番。演奏音乐吧。假使愿意的话，跟着收音机放开喉咙高歌一曲吧。只要能摆脱现在的心情，度过这个夜晚就行，而到了早晨，首先要做的事就是把这把手枪扔掉。

不。

不知怎么的,她不想把手枪放回天鹅绒包里。她心里思绪纷乱。她曾听到过一件事,那是戏剧艺术的规则:假如你在第一幕里展示了一把枪,那你必须在第三幕终结落幕前确保开过枪了。在某些地方,部落的勇士不是一旦拔出短剑就必须见血后才能插回剑鞘吗?假如没有敌人,他们宁可割一下自己的拇指,也不会不见血就插回剑鞘里去。也许,这只是出于迷信,或者,这么做是为了防止他们过于随意地挥舞刀剑。

她又一次拿枪对着自己的太阳穴。

她的生活根本没有目的。

很难讲怎么会走到这个地步的。也许她的生活从来就没有目的,她只是在生活中漂流而过,忽而住这里,忽而住那里,一会儿干这工作,一会儿又干那工作,根本就没意识到她自己已经在生活中漂流到何种程度了。她的生活没有目标,无忧无虑地不知有个生活目标的必要性,可如今,她才发觉自己正面对着毫无目标的生存状况,感觉自己快要给面对的状况毁灭了。

你可能会过短暂的一生,也可能是长久的一生。你可以把毫无目标的生活方式消灭在萌芽状态,也可以听任这种生活方式消磨你七十年、八十年或者一百年的时间。无论如何,你都会死去,而你一旦死去就好像你从未生活过。

你死了，你的生命就结束了。

那么何必着急呢？

又何必拖延呢？

她对自己说，打开收音机吧，打开几个电灯吧。

但她却又一次拿起手枪对着自己的太阳穴，拇指又一次拉开了手枪的击锤，手指又一次紧扣在扳机上。

她决定要扣动扳机了吗？所有这些事都已经决定好了吗？如同之前那样做的，她的手指紧扣在扳机上，只是这次持续紧扣，扣动了扳机。

手枪的击锤撞击在空空如也的枪膛上。

一阵轻松感向她袭来，蔓延到全身。她得到宽恕了，她得到拯救了，她突然感到生命无限珍贵。在为死里逃生而颤抖的同时，她也为自己还活着而极度兴奋。刚才她的生活还如一潭死水，可如今，忽然之间，她还活着这个事实就让她激动不已了。

她还活着。她已经用自己的手竭尽所能了，冒尽了风险，最后她赢了。

她一下子跳了起来。明天这把旧枪会去它该去的地方——垃圾箱，或者下水道，无论何处，只要不会有危害就行。她再也用不着它了。现在明白了，她留着这把手枪就是为此目的——站在死亡边缘，然后重获生命。她已经冒了个恐怖至极的险，但是这个险她永远无需再冒了。

她在房间里手舞足蹈,拧亮了电灯,房间里洒满了欢乐的色彩。她又打开了小收音机,让房间里响彻音乐。她随着音乐欢快地舞动,两脚倍感轻快,一反几分钟之前沉重如铅的心情。

跳着跳着她忽然大吃一惊,意识到手里居然还拿着那把手枪呢。

她停下来,瞪眼看着手里的玩意儿。这可是差点毁灭她的工具啊,但却又成了她得到解救的方式。而她对此物的种种情感难以厘清。只是有一件事很明确。她现在不想拿着手枪了。

她拿过天鹅绒包,把手枪塞了进去,把包带系紧了。然后,她又开始跳舞了,沉浸在音乐和她生命的欢乐之中,她"啪"的一声把手枪扔在桌上。也许她只是想放下手枪包,也可能是在音乐的节奏和她生命中欢乐的冲动之下,她猛然把手枪重重地摔下了。

撞击之下,那把手枪"砰"地走火发射了。

房间窄小,枪声震耳。她吓得不敢喘气,心提到了嗓子眼。枪声渐消,她想都没想就迅速前去关掉了收音机,枪声之后陷入了一阵完全的寂静。

子弹射到哪里去了?

她发疯似的伸手在全身乱摸一通,仿佛是自己很可能已经中弹了却没感觉到似的。这可真是讽刺!举枪自杀不成,却在几分钟后又意外射伤了自己。但是，是子弹没有打中她。

原来还真有一颗子弹呢。房间里弥漫着一股弹药味，天鹅绒包上面出现一个黑乎乎的小洞，子弹穿射而出之处。

她在墙上寻找弹孔，在房间里查找任何打坏的物件。什么都没有。

随后，仿佛是受到磁力吸引似的，她两眼不由自主地望向敞开的窗户。

她正凝视着窗户时就听到了窗外有人在呻吟。

一个女人躺在人行道上，独自一人。这个年轻姑娘，呻吟着，抽泣着，脑袋搁在马德琳的膝盖上。

这个姑娘就在马德琳住房大街对面的人行道上胸口中弹了。胸口中弹，出血了，鲜血从伤口处汩汩流出。她试图聚集目光，努力想开口说什么。

人们正在聚拢过来。有人高声询问，也有人做了回答。

她是谁？

哎呀，她就住在附近。

谁开枪打她？

哦，有辆车子经过时向她开了枪。某个疯子吧，或是某个寻乐杀人狂吧，驾车经过安静的街区，摇下车窗玻璃，随意开枪取乐。

天哪，就在这里？就在这个街区？

真该死，这事哪里都会发生。就是一个疯子拿着枪，心怀仇恨罢了。就这么回事。这事哪里都会有，对什么人都这么干。某个疯子会从窗口开枪，某个神经病射杀小孩子，某个疯人拿刀刺搭车人什么的。或者就像这次，从开着的车里胡乱开枪。

这些喧杂的声音对马德琳如同背景音乐一般，她充耳不闻。她几乎没听清他们说什么，因为他们什么都不知道。没有从经过的车子里开枪这回事，虽说死神任性随意，凑巧找上了这个年轻姑娘。

她的枪，她父亲的枪。那把手枪饶了马德琳不死，却攫取了这个年轻姑娘的命。真是说对了，剑不血刃是无法插回剑鞘的；在台上公开展示的枪还得在落幕前开上一枪才行。

现在落幕了，原本的喜剧变成了悲剧。

一阵警笛响起，一辆警车正在驶来，但她几乎没听到。她正看着这个姑娘的眼睛，而正当她努力看进那双眼睛时，她从中看到姑娘的生命消逝了。姑娘在她的怀里一阵战栗，随即不动了。

电灯亮着，收音机开着。她一整夜亮着灯坐在房间里，收音机响着，等待着警察上门找她。她想，警方来她房间敲门只是个时间问题。如果警方真的来了，她会让他们进屋，告诉他们所发生的一切。她是如何想自杀的，又是如何幸免于一死的，以及街对面的一个姑娘如何被一只无形之手选中而死于非命。

而更为平淡无奇的是，她又是如何草率地扔下手枪，结果一颗子弹穿过敞开的窗户，击中了一个活生生的姑娘。

那么，她会面临什么后果？

她不知道。她所做的事从技术角度来看不是谋杀，的确只是一个意外，但这并不意味着法律会认为她毫无责任，这可是一桩刑事事故，所以她当然会为此受到某种惩罚。这很理所当然，因为她剥夺了一个姑娘的性命，法律无论加诸她何种惩罚都属公平。

所以，她等待着警方的来临。她方才就在那个姑娘生命消逝之际悄悄地抽身走了。她轻轻地在人行道上放下了那姑娘的脑袋。人群闪开一条路，她走了出去，随即人群又围拢着姑娘的尸体，根本没注意马德琳。但肯定会有人注意到她，会有人对警方说些什么，然后哪怕是为了获得她作为目击证人的证词，警方也会登门找她。或许那个姑娘受到枪击时她恰好在现场呢，或者她看清了那个杀手，甚至记下了车牌号码呢。所以她理所当然地要受到询问，这样警方可以断定她知道什么或不知道什么了。

收音机响着。窗外，警车来来去去，人群散了。那把手枪在天鹅绒包里，仍留在她随手扔过去的桌子上。从她坐的地方，能看到天鹅绒包上那个破洞，有着枪药灼烧的痕迹，子弹就是从那里飞出去的。

假如她知道警方不会来找她的话，或许她已经再次拿枪对着自己了。但她完全期待他们登门，心甘情愿地就她的行为听任处罚。甚至等到天边破晓，她还在等待警方的来临。

但是，警方没来。

她等待了两天。她一直没离开房间，不吃不喝，也根本无法说她是否睡觉了，她一直坐在椅子里，她眼睛时而睁着，时而闭着。

两天之后，她明白警方不会来找她了。

为斯塔尔活下去

斯塔尔·巴特利特。

她现在得知一个名字了,就是那个死去的姑娘的名字。一个曾散发着活力,洋溢着浪漫,甚至魅力十足的名字。斯塔尔·巴特利特。

马德琳从收音机里听到这个名字,然后才明白警方不会来找她了。她最终出去买了份报纸,从中了解了更多的情况。斯塔尔·巴特利特就住在离马德琳住所才两个街区之遥的一个出租房里。她年轻,才二十几岁,未婚。她一人独住。她被一颗子弹击倒,而几个目击证人都说是从一辆经过的汽车里射出的。这次枪击的动机不明,警方确信该枪杀案是凶手随意开枪所致,可能该凶手的作案手法是在模仿两个月之前远在一千英里之外一个大城市里的系列凶杀案。该系列凶杀案曾有大量报道，足以促使一个神经错乱的家伙出来模仿行凶。

报道引用一个警察的话说，如果凶手再次行凶，警方肯定能抓到他。

这番话的弦外之音是这桩凶杀案已成死案，而如果不再发生类似凶杀，那么凶手就会逃之夭夭，逍遥法外。

好啦，不会再有凶杀了，不会有人用这把手枪了。马德琳把手枪放入天鹅绒包里，再套上一只牛皮纸袋，塞进自己的手提包里。她出门走了许久。途中，她把包好的手枪塞进一个雨水沟里。这把手枪很有可能永远不会被发现，即使被发现了，这把手枪也永远与她无关。

就这样，她摆脱了凶杀案。

一两天以后，她坐在一个午餐台边喝着咖啡，想起了此事。她买了份报纸，从头到尾搜寻了一番有关斯塔尔·巴特利特凶杀案进一步的报道，可什么消息也没有。她想，除非她去自首，否则不会再有任何消息。因为这个凶杀故事已经完结了。斯塔尔死了，而她的死亡案已成为这座城市里大量未破刑事案件中的一个。不会再有后续报道了，因为没什么可以报道的了。

她看到了那双眼睛，盯着她看。随着那姑娘生命的离去，那双眼睛的光也渐渐消失了。

"小姐,你还好吗?"

她抬头看去,服务员一脸关切的神情。

"看你脸上的神色,"他说道,"就好像你要晕倒了的样子。"

"不,"她肯定地说,"不,我没事。"

她该去自首吗?

她思考这个问题。假如警方来找她,她会立刻坦白一切。但是,警方没来,这似乎是告诉她,警方不要求也不想要她自首。

但这又意味着什么呢?她可以免于处罚了吗?

这似乎不是合适的理由。或许她的自首不能带来什么好处,但是她完全逃脱惩罚又能带来什么好处呢?难道她不欠一个道义上的情吗?不应该为此事承担什么吗?

那么对谁?对警方吗?对州政府吗?对整个社会吗?

不。

对斯塔尔。

她这个想法一旦产生,似乎变得明确无误了。她,马德琳,试图自杀,没能如愿,却杀死了斯塔尔。

斯塔尔是因为她而死的。

因此,她会为斯塔尔而活下去。

但怎么个活法?

斯塔尔,她对自己说,我想死是因为我的生活没有目的了。现在我找到了为你而活的目的,而你可以通过我活下去。但求求你了,你究竟是谁啊?你过的是什么样的生活,斯塔尔?斯塔尔,我可一点儿都不了解你!

"我想应该把她的房间租出去,"房东太太说,"一旦我腾出时间来,我估计我会这么做的。我一直在等某人来取她的东西,可我又觉得不会有人来了。我也没什么心思去收拾她的东西然后送走。只要她房间里的东西原封不动,就好像她还会随时回来似的。可一旦我收拾好她的东西,把房间租出去了,那么,这对我来说,她的死亡就变得更加确实无疑了,如果你能理解我的意思的话。"

"我理解你的意思。"马德琳说。

"我觉得自己真蠢,"房东太太说道,"如果你想看看那个房间,我想没问题。我看不出有什么坏处。警察已经彻底搜查过了,想找出为什么有人要杀她的原因。然后我估计他们觉得没人有什么理由要杀害她,她只是恰好碰到了子弹。"

此话比任何人所能意识到的更加真实,马德琳心想。

"来,这边走。"房东太太说。

这个出租房间和她的房间没什么不同。走廊里的烹调味也一样,这种气味多由电炉上加热罐头食品时产生。楼梯"吱吱"地响。墙壁需要粉刷了。

"这种旧房子你没办法保护好,"房东太太辩解说,其实马德琳根本没说什么,"事情一桩接一桩,你就没法跟得上了,你知道的。要么你只能提高租金,可租客只付得起这么多了。尽管这样,我保持房子整洁,只租给体面的人。"

她们走到了斯塔尔房间门外。房东太太敲了敲门,突然觉得不对,不敲了。

"我也不明白为什么要敲门,"她说,"习惯成自然,没什么好奇怪的。我尊重他人的隐私,我就是这么长大的。"

她拿出一把钥匙,塞进门锁转动了一下,打开了房门。这房间比马德琳的房间要小点,但室内家具摆设相似。壁橱门开着,里面的衣服或吊在衣钩上或挂在衣架上。床整理过了,有几件衣物堆放着。

"你明白我的意思了吧,"房东太太说,"这房间就像在等待她回来。"

"是的。"马德琳低声说。

"她遭遇的事真让人难以接受,居然就这样受到枪击了。"

"是的。"

"她还那么年轻。"

"那么年轻就这么死了真是残酷,"马德琳说,"就像是一条可怜的流浪狗似的。"

"就是啊,"房东太太说,"她应该过更好的生活,她不应该像条狗似的被打死在大街上,可她就这么死了。那是为什么?为什么?"

马德琳没说什么。两个女人就这么站了许久。然后年长的女人清了清喉咙,好像要想说什么话,可马德琳先说了:"给我谈谈她的事吧。"

"该说什么呢?她就住在这儿。时间不长,可我感到好像我比实际知道的更了解她。"

"你这话什么意思呢?"

"确切地说,我也不知道。我们聊得很少。她大多一人独处。我把这都对警察说了。"她看了看马德琳,"你为什么想了解所有这些事?"

"只是凭感觉吧。她和我很相似,年轻女人,单身,在这个街坊里独自生活着。换做是我,很容易在那里,出去走走,却被流弹击中了。"

"你觉得和她很相似吧。"

"我想是的。我觉得……我们两人的生命密切相关似的,即使我们从未相遇,我也从来不知道她。我觉得好像我亏欠了她什么似的。"

"你能亏欠她什么呢?"

一条人命,她心想。斯塔尔把她的命给了我,她是无意中这么做的,她没有选择这么做,但是那又有什么区别呢?她为我而死,所以我得为她而活。

当然，她不可能对房东太太这么说。

"理解，"她若有所思地说，"我欠她一个对她的理解。"

"我不懂你在说些什么。"

"也许我自己也弄不懂。可我就是觉得我们的生命接触了，所以我想了解这个女人，她的生命和我的发生接触了。"

许久，房东太太没说话。马德琳在房间里走动着，走到窗前，向外张望了一下。她转过身来，伸手摸摸床，好像试试床的弹簧怎样。

房东太太说："她的生活里没有其他人了。"

"你是说，她独自生活？"

"不仅如此，我是说她就一人，完全单身生活。她也不让别人接近她。我喜欢她，每当我在走廊或者楼梯看到她，我都感觉很好，我乐意花一整天的时间和她相处，但我从来不走近她身旁。我想也没别人会接近她，也没别人能够接近她。"

"我明白了。"

"我觉得她的生活是很苦恼的，"房东太太说，"她没有说出她的苦恼，但我觉得她的苦恼一直都在。我认为是某件事或者某个人给她带来了深深的痛苦，她的痛苦从来也没有愈合过。"

"也许她会愈合痛苦的，"马德琳说，"假如她能活得更长一点的话。"

"也许吧，"房东太太说，过了一会儿，"但你知道的，有些痛苦你从来也没法愈合的。"

"是的,"马德琳说,"我知道。"

"哦,"房东太太说,"如果没其他事的话,我得去做些事了。在这么一所房子里,总有些事需要做的。"

"我可以——"

"什么事?"

"我想在这儿待会儿。"

房东太太看着她,询问道:"你想租她的房间?你想住在她住过的房间?"

她过去没想过,但现在她倒觉得这个想法可以考虑。她能用这种方式直接搬进斯塔尔的生活吗?

这个想法并非没有吸引力,但真的没什么意义。她不想成为斯塔尔·巴特利特,无论如何,从表面上来看这不可能。不,她不想作为斯塔尔活着,而是为她活着。为斯塔尔履行某种义务,死去的姑娘无法自己履行的那种义务。

那么是什么义务?可能会是哪种义务呢?她又该如何发现这种义务呢?

"不,"她说,"不,我不是想租这个房间。但我觉得你应该租给其他人。打扫干净,租出去。现在这个样子的话,就像是一个没有尸体的空墓。"

"对,"房东太太说,"对,你说得对。"

"但同时，我在这儿待会儿，"她继续说道，"我就想单独在这儿待会儿。"

"单独？"

"唔，就一个人。就和斯塔尔一起吧。"

"你也有痛苦吧，"房东太太直截了当地说，"和她一样。"

"也许吧。"

"我想你在这儿多待会儿没问题，"房东太太说，"我想不见得有什么坏处。除非——"

"除非什么？"

"我不想说了。"

马德琳等她的话。

"有时某人会决定……把自己解决了。他们不想在自己生活的地方这么做，他们会为此找个房间。这里曾经发生过这类事。一个男子进来，没有行李，说还没有运到，说他会预付一个星期的房钱，可就在当天晚上，他吃了安眠药，死在床上。"房东太太避开了马德琳的目光，"而你，"她说，"却想看看一个已故女人的房间，并且想一个人在这房间待会儿。但我不认为你会干那事，我也不想说什么，可就是那个碰巧看到那个男子的人，在那里发现了他的尸体。我一眼就看出他不是睡觉，他根本就不像在睡觉的人，他的脸色发蓝，几乎成了紫色。"

"这对你来说太可怕了。"

"他们说他得了什么病,本来很快就会死去。他想死得轻松,所以他来这里,不想让他爱的亲人们看到他死去的样子而害怕。显然,他认为让一个完全的陌生人经受这种害怕没关系。"

"我没打算自杀。"马德琳温和地说。

"我知道你不会。我真不该说这些事,可我……又不得不说。"

"我理解。"

"你在这儿想待多久就待多久吧,"房东太太说,"我真不知道这样会对你有什么好处,但对别人也没什么害处吧,是吗?你就待着吧。这房间还是原来的样子,我只是稍稍整理了一下。警察彻底搜查了她的东西,但他们总是不会花时间整理好。有些东西他们掉在地上了,我整理好放在床上了。"

"我明白。"

"就好像她不愿意她的东西让人翻乱了,就好像她很在乎她房间的样子。她很整洁,你要知道。她独处一室,她的东西都摆放整齐。所以,看起来应该保持这些东西整齐。"

"对。"

"我觉得你说得对,你刚才说的话。等我有点力气了,我会收拾她的东西。不能等别人来取她东西,我就把这些东西寄到她家去,给她母亲吧。这样,我就可以把这个房间出租了。"

马德琳点点头。

"那么现在,"房东太太说,"你就待在这里吧。也许她的灵魂还在这里,或者还有踪迹可寻呢。说不定你还真能和她有某种接触。一年中的每一天都会发生比这更离奇的事呢。"

之后,马德琳久久地站立在那里,一动不动,就站在房东太太离开时她站立的地方。她听到内心回响着自己刚才说过的话,既沉重又空洞,冰冷孤独,伤感忧郁。

那么年轻就这么死了真是残酷,就像是一条可怜的流浪狗似的。

我必须得记住,记住,记住此话,时时刻刻,她告诉自己。每时每刻,每日每周,是的,如有必要,甚至应该每年如此。直到我至少部分地弥补了我对她做的这件可怕事情所造成的后果。尽管说,无论我如何尽力,此事永远不可能完全弥补。

过了一会儿,她脱下衣服,就像斯塔尔会做的那样,就在这儿,就在她的房间里。她走过去,从房东太太放在床上的衣物里挑了一件睡袍。可能斯塔尔生前最后一晚,最后一次睡觉时穿的就是这件睡袍。但她随即又发现不太可能是这件睡袍,因为睡袍是新近洗涤的,甚至有个磨损之处也做了些修补,除非是房东太太在她死后做的,但那又是为何呢?

她穿上了睡袍,走到镜子前站着。

"斯塔尔,"她轻声说道,对着镜子里看到的形象,"斯塔尔。现在我能看到你了。那就是你继续生存下去的一种方式。"

她关了电灯,搬了个椅子,靠窗坐了下来,看着窗外。窗外是城市的傍晚，是天空的夜色。夜空之下是成千上万的星星灯火，夜空之上也是成千上万的星星。但夜空之下的星星灯火就像人类的生命，只是亮了一个晚上就熄灭了。而夜空之上的星星就像人类的希望和梦想，它们永远在那里闪烁着光亮。如果一个生命结束了，另一个生命会接上来，延续希望，延续梦想，发出永不变化的光芒，发出永恒的光芒。

正如我现在所做的，她心想，正如我现在所做的。

她凝视着星星，直到这些星星似乎在略感局促的空间里反射出她两眼里闪亮的焦虑。她轻轻地吸了口气，语气恳求地对星星说："在我之前，你们肯定见到过她就坐在这个窗前。也肯定听到过她满怀希望和憧憬的心跳声，清晰地在这寂静的夜晚里回响。你们知道她的希望和憧憬是什么吗？你们知道吗？"

你打开了一个小提箱——顿时一条生命映入眼帘。一条已经结束的生命，锁在提箱里，搁在一旁。随着你把提箱里的东西都翻出来摊放在房间四周，摊在床上，摊在几个座椅上，摊在任何空的地方，你不知怎么的有点为自己的举动感到害怕，感到自己无权这么做。这好像是想要阻挡自然的法则和上帝的规则了。有些东西已复归平静，你想强行搅动的努力是微不足道的，毫无作用的。你最好得提防点，你不断告诫自己，最好要小心点。

一张男子的相片。他是谁？他和她什么关系？现在他在哪里？

他在对着她微笑，对着拍摄他的镜头微笑，那天她一定就是在镜头背后拍摄他的人了，那种别有风情的微笑可不是你光对着相机镜头就会发出的。笑得更温馨，更亲切。也就是说，你在那里，我在这里。可刚才你还和我在一起，过一会儿你还会回来。我们彼此不分开，我们没想分开，也不会让我们分开。

"赠亲爱的斯塔尔，维克。"

那么，你是谁，维克？

难道你不想念她？难道你甚至不知道她已死去了？你们在一起的那个时刻结束了，难道你没有想过为什么她不过来，回到你那里？

微笑吧，维克，就这么一直笑下去吧。现在你正对着虚无的空间微笑，可你不知道，她已经从相机镜头背后离开了。你留下了，可她却死了。她死去了，永远不会再回来了。假如你知道了这一切，你还会这么一直微笑吗？

在某处静谧的地方——这相片看起来是在某处静谧的地方拍摄的——她几乎可以清晰地听到斯塔尔这姑娘银铃般的嗓音。

"站好了，别动，维克。稍后退一点。不，就一点点，好，够了。好，对我微笑一下。对，就这样。"

永远的微笑，维克，只要印着照片的光面纸还存在。

现在你该停止微笑了，维克，她已经不在那里了。你只是在对着空洞的空间微笑，维克。世界上有个洞，就在她刚才所在的照相机背后。

她把相片竖了起来,坐在椅子上看着相片。

室外,太阳已经下山了,房间里越来越暗了。

最后还剩下一点余光,就照在她拿着的相片上。她摆弄着相片,使相片显示出来,让相片上他的脸容和身影清楚一点。

告诉我吧,维克,她央求道。趁你还在时告诉我吧。

余光收缩了,旋转着收缩成一点,消失了,就像电影银幕上的画面渐渐暗淡下去一般。

现在相片暗淡了,渐渐融入房间四周的黑暗之中。

走进别人的昨天

火车从夜晚冲向黎明,仿佛它从足有一个小时行程之长的隧道中部开始加速,向明亮的隧道出口奔驰而去,沿着轨道,越驶越近,越驶越近。突然,外面一片光亮,铝色般铮亮的黎明时分。

忽而,出现一片景色,从未见过。一个砖砌的高炉,已经拖着长长的投影了,一闪而过。忽而,今日来临了,刚才还是昨夜。忽而,时光已是当下,黑暗已成往昔。婴儿在母亲怀里哭泣了,就在这节车厢里的哪个座位上,新的一天开始了。幼年就是如此,易受环境影响,还不会记事呢。

她没睡觉。不想睡,就不睡了。对于漫无生活目的人来说,睡眠只是虚无状态之间的一个间隔而已，使分割的虚无状态变得更易忍受些罢了。

整夜头靠着倾斜的椅背上，眼睛半开半合，避开灯光，但从未闭上，一直如此。行行复行行，道旁的一根根电报杆子上似乎都挂满着未知的问号。她不是在走进明天，而是在走进昨天。所以，那是个两次移动过的昨天，是别人的昨天，一个你匆匆离去的昨天，对你而言，从来就不是今天，而是魔鬼般的昨天。

列车员走到门口，报了个城镇名。

她站起身来，取下包，沿着车厢过道走去时，脚下的火车停了。她踏上站台时，火车已经停稳了。下车前，火车散发的蒸汽遮蔽住了通往昨天的车厢门出口，她穿过蒸汽走下了车厢。蒸汽渐渐稀薄，又消散了，把她留在了——昨天。

情形确是如此。

她低头看了看扎脚的灰渣屑，抬头望见太阳已经高照，洒下的光线如同化学水剂或化学溶剂一般，漂白着这个世界。她看过去，一个磅秤带有一个圆镜，只可映出天空，尽管它正对着她的脸。很有可能镜子装入框架时没放平整。

在一个通道的出入口上方，半分离地靠墙悬挂着一个横牌，上书"行李"。一张长椅，绿色的椅面窄条略带弧形。椅子靠墙放着，空无一人，上面只有一张折叠过的报纸，别人扔下的。椅子下有一张撕下的糖果包装纸，好似一只被遗弃的银色小船，在风中轻微摇动，但无力渡过站台的水泥地海洋。

情形便是如此。

你曾在这里站立过，斯塔尔，等待着载你离去的火车。也许就在我现在的立脚之处，随着我的脚稍稍挪动，走到水泥地上那条裂缝处吧。也许你也挪动了你的脚，到了那条裂缝处，在上面驻足片刻，眼睛看了看，可心在别处。谁和你一起站着？是你一人站着？还是维克也站在这里吗？或许他的手搂着你的手臂，规劝你不成，他的两眼肯定看着你的脸，一副徒劳无益的恳求神色吧？

那么他说了什么呢？你不听，是吗？也许你听了，你现在就仍然活着，而不是死去了，不会在这些轨道千万英里之遥的远处尽头了。听听这些陈旧乏味、粗糙刺耳的劝告，今天依然活着，总比把这些劝告当耳边风，今天就死去了更好吧？你不再能回答了，斯塔尔。我也不能。因为我不知道该怎么回答。

你有没有最后看看周围（或许是看看他身后，当时他搂着你）？你转动脑袋，看看这里，看看那里，看看其他地方，就像我现在这样，对吗？你见到一个不反射你脸蛋的镜子，一个写着"行李"的牌子，一个没人坐的长椅，对吗？你当时是高兴呢还是心碎了呢？你那时害怕吗？你那时胆子大吗？

家乡的砖砖瓦瓦，条条人行道，密集的屋顶檐口，各种建筑的样式，还有一条条延伸的街道，视角越远越小。

你回家了，斯塔尔。

火车站里有个便利餐馆。每个火车站里永远都会有的。她进了店,走过去坐在一个凳子上。

她没在火车上吃过饭,当时她不想吃,其实现在也不想吃。她不想吃饭,也不想睡觉。她没时间为这些事分心,她做了个梦。现在她的梦还在,比起斯塔尔曾做过的梦更伤心,更强烈。可你还得停下来,咽下食物,睡会儿,否则你会虚弱不堪的。

柜台后有个女孩。她衣服上的细细条纹,绿宝石色,延伸到袖口、领口,还有袋口,甚至向上翘起的帽边,否则倒是纯白色的衣服了。

"来杯咖啡。"

"还要其他东西吗?"

"就咖啡,其他一概不要。"马德琳有点不耐烦地回答,仿佛她厌烦得甚至不想浪费时间多说一句。

女孩端了咖啡回来了。

"可以问个问题吗?"

"我没拦着你。"女孩没好气地说。

"你在此地居住了很久了吗?"

女孩看了她一眼,意思是这关你什么事?但她也同时回了句:"一直在此。"

"那么你认识一个叫斯塔尔·巴特利特的人吗?听说过这个名字吗?"

"从来没听说过这个名字。"而本地人的傲慢又促使她加了一句转弯抹角的责怪,"我们这里可不是那么小的地方。"

马德琳尝了尝咖啡,味道不佳,即使原本味道不错,现在也不会好了。

"你如果去,不,我如果去福赛斯大街怎么走?"

"有公共汽车。如果你上车时给司机打个招呼,他到站了会叫你。"

马德琳看着被咖啡色覆盖的匙子,然后又抬头看着女孩,有点迟疑。

"再问一个问题。"

"没关系。"女孩说,一副彬彬有礼的样子。那意思是说,你问的事没让我生气。如果你让我生气了,你会明白后果的。

"哪里有像样一点的地方可以住宿?我就一个人。刚来。"

"像你这样的人——"女孩打量了她一番,这女孩不乏精明,"一个女人如果不管闲事的话——狄克森旅馆倒是体面的地方。很陈旧了,但很体面。体面的地方总是很陈旧的,你注意到了吗?"

然后,不等马德琳再问,她也许有点不知不觉地抒发起自己洞察生活的全部哲学来:"无论如何,那不是旅馆。那是可住人的地方。"

马德琳放下了钱,杯子里的有一大半没喝,从凳子上下来了。

女孩态度有点生硬地叫住马德琳。

"你的咖啡只要十美分。"

"是啊，都在大牌子上写着呢。"马德琳赞同地说了句。

女孩分出了多余的钱，在柜台上推过去一点，干笑一声："我可没干什么能挣这些钱的事。"

"我问了你三个问题，你还给我准备了咖啡。"她倒是真的问了点事。

"我还不知道呢。这里面的乐趣不同。这有点像是从你手里拿走了什么东西呢。"

马德琳拿回了多给的钱。她原本是想让那女孩快乐点，她的工作太乏味了。

没人回应门铃的响声。第一次按门铃后很长时间没有动静，她又怯生生地按了第二次。然后等了更长的时间，担心会让人以为她纠缠不休，还担心会招致反感。及至后来，尽管极度担心，还是按了第三次门铃。可还是没人来开门。

她不知道该如何是好。她再也无法鼓起勇气去按门铃了。要么里面没人，再按铃也没用，要么里面有人，但人家不愿开门，再按铃会引起他们的反感，这绝非她的本意。

最后，她转身，开始走下阶梯。她还未放弃，她也不想放弃，即使她不得不脱下外套卷起来放在门外的地上，坐上去等待也可以，等上半天和一整夜都行。但她当时想干的是在街道附近找个什么人，问问情况，也许那人能给她一些信息。如果可能，孩子也行啊。她已经注意到之前还有几个孩子在人行道上玩耍呢。事实上，孩子们往往是最好的信息渠道，他们通常不会满怀疑惑，也不会有所保留。

不管如何，试试无妨。她才走到阶梯下的平台，却仍能听到开门声，就在此时，她觉得她听到了开门声，确实听到了，毫无疑问，一个声音在呼唤，那声音有点空洞，因为门厅关闭着，"喂，刚才有谁按门铃吗？"然后又呼唤了一次，她觉得这是最后一次了，不会再呼唤了，"喂？"她转身奔向刚下来的阶梯，速度飞快，这样她就不会被隔绝于那个声音之外了。

随着她的脸容，她的身体，轻快地跃到门厅前，她看到房间门已打开了。门不是斜开一条缝，而是敞开了，明亮的光线犹如浓烟似的从房间门里向外照进了幽暗的门厅里，那里没有窗户。一个妇女，不年轻了，走了出来，站在门厅中央，远离房间门，正转头左右张望着。不知怎么的，马德琳知道这位妇女就是斯塔尔的母亲。

奇怪的是，她居然看了一眼就如此肯定，即使她事先对她有种种猜测，现在仍然没有得到一点完全的证实。这位妇女几乎在各方面都与马德琳的想象相反。

她原本猜测斯塔尔的母亲头发灰白，不光是头发，而且全身羸弱。无疑，"母亲"一词在她心里形成了这个形象。她自己幼年丧母，自然也就缺乏倘若母亲还健在的体验。对她来说，母亲都是一种类型，而不是一个个的单独个体。出乎意外的是，斯塔尔母亲给人的总体印象是黑色。她全身都是黑色的。她的头发漆黑，难以置信，几乎可以肯定她使用了某种植物染料染发。也许她几年前就开始使用了，如今已成习惯，不是出于虚荣心了。她的衣着毫无例外是黑色，根本没有一丝一毫的其他颜色，但当然是因为斯塔尔去世了。她的眉毛是深黑色，这倒是自然所致，几乎就像是两条缩小的黑色海豹皮披肩粘贴在她的眼睫毛上方。最后，她的两眼是黑色的，黑得就像是鞋扣，但却是转动自如的鞋扣。

马德琳原先估计她的身材丰满体胖，一副母亲的神态，可她却骨瘦如柴，像根电线杆似的。原先想她会行动迟缓，步态受阻。可她却步履轻快，这一眼就能看出来了，只是在其他方面，岁月的增长侵蚀了她的身体。明显的是，她的肩膀非常圆浑。所以尽管她原本个子相当高了，却因此而显得矮多了，甚至有点佝偻。

"请问您是巴特利特太太吗？"马德琳轻声问道。她也只能轻声说话了，因为刚才她回头敏捷地三步并作两步奔上了台阶，有点气喘了。

"是我，"巴特利特太太回答说，一双黑眼睛转向她，马德琳看得出她两眼下满是忧伤的褶皱，"你找我？你就是那个打电话来的人？"

"是的，是我打的电话。"马德琳说。

她们相互靠近了一点。

"我认识你吗？"老妇人问。

"不认识。"马德琳平静地回答。

她寻思别再拖延了，这可不像我。马上告诉她吧，别再让她等了。

"我认识斯塔尔。"于是，她说道。

老妇人的脸上掠过两种表情，两种自然的表情相继出现。这些表情明确生动，犹如两张不同的循环幻灯胶片，轮番在她脸上投射出各自的光彩。先是喜悦。由衷的喜悦。这名字本身就是她挚爱女儿的名字啊。有人认识她女儿。有人是她女儿的朋友。有人可以聊聊她女儿的事了。接着是一阵哀伤。毫不掩饰的极度悲伤。不是因她本人的缘故，而是有人认识她女儿。不是因她本人的缘故，而是有人可以谈谈她的女儿了。

她张开了嘴。但她的嘴只是张了张，嘴唇颤抖着，仿佛要合上嘴巴似的。她的眼中流露出痛苦。应该说，眼神中饱含着这种痛苦。

"进来吧。"她只是这么说了一句。很镇静。至少她的嗓音没有颤抖。

随着老妇人几乎难以察觉的轻微手势，马德琳先走了进去。

老妇人随后进入，顺手关上了门。

这是一套小公寓房间，里面有两个房间，呈L型。也就是说，两个房间不在一条直线上，一个房间和另一个房间成直角，朝向不同。第一个房间她进门后即能看见。房间还算干净，但谈不上整洁。房间里没有灰尘或垃圾，但物件太多，杂乱拥挤。或许是因为房间太小，让人产生了这个印象吧。

"请坐吧，"巴特利特太太说，"不，别坐那里。坐这里更好。那只沙发的弹簧坏了。"

马德琳就换了座。

马德琳一直在想着，斯塔尔曾经就住在这里，这就是她住过的地方。就是马德琳现在的身处之地。而就是因为我，她不再住这里了，她也不能住任何其他的地方了，是我造成了这一切，是我。现在，我该如何面对这双看着我的黑眼睛呢？我又怎么能看着这双眼睛呢？

"你还没有说你的尊姓大名呢？"巴特利特太太微笑着对她说。她有点爱怜地伸手在马德琳的肩上搭了一会儿。

"我叫马德琳·查默斯，"马德琳说，"凶手。杀死您女儿的凶手。"但说出口的只是她的姓名。

"你认识她很久了吗？"巴特利特太太问道。她头颈上挂着的乌黑十字架饰物在反射的阳光里熠熠闪光，仿佛刚滴上了一颗泪珠。

"好像很久了——比实际情况还要长久。很久。一生之久了。"

这个回答字斟句酌，却没给巴特利特太太留下印象。巴特利特太太已经猛然转过头去。"对不起，我离开一下，"她声音嘶哑了，

"我马上回来。"她走过门前过道，无疑这是个房间出口，房间没门。她出去右转，走进了隔壁的房间，显然是卧室。她去那里痛哭一番，马德琳知道。

可她没听到任何声音，万一有哭声的话她也不想听到。可是毫无声息。

她没有一点轻松感，这只是个短暂的插曲罢了。她想换个心情，看看那些细琐的东西。其实她对那些细琐的东西没兴趣。

有一盏电灯因为没有足够的电线出线盒，电线垂悬着，接到了天花板上吸顶灯底座里。室内墙壁涂着深浅不一的两种绿漆，至少正对着她的那一面便是如此。表层大多褪色成略显发黄的绿色，如同豌豆开始干枯时那样的颜色。而在这颜色中却有一块椭圆形的绿漆，色泽更深，看上去像新涂的，就像刚抹过一层水似的。一枚光秃秃的钉子在那块颜色中间突兀着，已经说明了原因。那里很久以来就挂了一幅画，后来被取下了。窗前似乎有一个闪闪发亮的折梯。其实并非实物，只是阳光照射下浮尘折射出的幻象，恰好在那里，仿佛是为某个家政天使爬上去挂窗帘之用。而梯子闪光的横档则由窗外上方火警安全门通道平台地板上的条条缝隙折射而成。

对面屋顶，只能看到一条斜斜的屋脊线穿过房间窗子的上方。外面有个女人在晾衣服。每当她要放出更长的绳子时，你能听到她拉动滑轮发出刺耳的"吱吱"声，只是看不到她的人影和晾晒的衣物。

巴特利特太太回来了。一看便知她哭泣过了。

"我给你拿点东西吃吧,"她说,"我有点情不自禁了。来杯咖啡,好吗?"

"什么都不用,谢谢,"马德琳真诚地请求,几乎到了有点厌恶的地步,"我来此地是为了和您聊聊的,真的。"

"你不会拒绝斯塔尔母亲的,是吗?"老妇人说得很亲切,"很快的。然后我们就可以坐着聊聊了。"她走进前门另一边的一个狭窄的小门里,窄得几乎像一条石缝,马德琳能听到水流声,先是"咕隆隆"地流入一个鼓状中空的瓷水槽里,继而闷声闷气地流进一个锡罐或者铝器里。然后她听到煤气点燃时的轻柔声音。

巴特利特太太回来了。自从她让马德琳进门后,她还是第一次和马德琳一起坐着。

"您看上去很疲倦了。"马德琳同情地说。

"自从她走了,我没怎么睡,"她说得毫不夸张,"我是说夜晚睡觉。所以只要有可能,我就得睡会儿。你打门铃时我正在瞌睡,所以时间长了点才来开门。"

"真是对不起,"马德琳很懊悔地说,"我该另找个时间来的。"

"我很高兴你来了。"她拍拍马德琳的手臂,在椅子里往后稍稍倚靠了一点,这很自然,"你还没有对我提起她呢。"

"我不知道该从哪里谈起。"马德琳说。的确如此。

"她那时幸福吗？"

"那个，"马德琳拖慢了语调，"我不知道啊。您知道吗？"

"她没告诉我。"巴特利特太太简单地回答。

"那么她在这儿和您在一起时她幸福吗？"

"开始她很幸福。以后——我也不能肯定了。"

马德琳心想，一定发生什么事了。但怎么才能弄明白呢？

"她有什么特别的——理想，她对您提过吗？"

"每个姑娘都有自己的理想。所有年轻人都是这样的。没有理想就不是年轻人了。"她伤感地说。

"但有什么特别的吗？"马德琳仍然问道。

"是的，"巴特利特太太说，随后又说了声，"是的。"然后她不说了，似乎在仔细考虑该怎么说。

马德琳等待着，屏住了呼吸。

"等等，"巴特利特太太提醒说，站起身来，"我听到咖啡煮沸了。"她走出房间去取咖啡了。

马德琳轻轻地舒了口气，就像轮胎慢慢地漏气似的。她心想，哎呀，这该死的咖啡，我们正要进入话题时又被打断了。

巴特利特太太忙着端杯端碟以及小匙子，她还拿来一个装着小块方糖的玻璃杯，她把方糖放在果汁杯里而不是碗里，所以无法同时谈话了。无论原先马德琳正要获得的聊天氛围如何，这也是她可以开口聊的最大程度了，但目前是消失了。

巴特利特太太坐在那里，啜饮着咖啡，一双黑眼睛从微微倾斜的咖啡杯上方看着马德琳，但神态友好，十分信任。

我不能吃她的面包，马德琳心想。她指的是饮料。她感到一阵恶心。我是个凶手。我不能坐在这里和她一起吃喝。我杀死了她的女儿。这么做简直难以想象，令人憎恨。

"你不喜欢这咖啡吗？"巴特利特太太问道，有点遗憾。

马德琳勉强喝了一口。她也只能做到这一步了。

"我想，我能理解。"过了好一会儿，巴特利特太太温柔地说道。自从她们见面后，她第一次垂下眼睛，不再看马德琳的脸了。

马德琳把咖啡杯下的碟子放下了，让自己刚喝了一口的咖啡吐回杯子里。这倒不是多愁善感的脆弱表现，而是她感到喉咙堵塞了，就是咽下一口血温般的液体也能噎死她。她把咖啡杯和碟子放在一边。

巴特利特太太站了起来，不露痕迹地动手，忽然之间，咖啡杯都从眼前消失了。

当她返回时，马德琳已经换到另一个椅子上了，用手臂侧面短暂地挡住了眼睛。

"你确实是真正的朋友，"巴特利特太太用赞许的口吻温和地说，"你确实是，"她又重复了第三次，"你确实是啊。"

"是的，"马德琳带着痛苦的嘲讽说，"是的，哦，确实是。"

她们沉默了一阵。然后，马德琳猛然转身朝着她——直到现在她一个肩膀偏向一旁——说道,"我猜想你知道怎么发生的吧?"

老妇人似乎在椅子里蜷缩得更低了,像泄了气似的坐着。"是的,我知道,"她说,"他们告诉我了。"随即她声音低了下去,"一次枪击——在街上。"她声音之轻微,马德琳根本听不清了。但她知道老妇人说了什么,因为这些话是从老妇人口中说出,而她嘴唇蠕动的口型让她能想象到这些话与之相配。

过了一会儿,马德琳开始问她了,"您——"然后不知道该如何开口了。

"我什么呢?"巴特利特太太立即问道,两眼看着地上。

"您——去过那里,去了那个城市了吗,他们通知您以后?您——把她带回来了吗?她是在这儿安葬的吧?"

"我没法去,"巴特利特太太说得很简短,两眼仍然低垂,"你知道,我在此孤身一人。我身体状况不允许我去——得到噩耗后的几天里我不得不躺在床上。"

马德琳畏退了。

"但是,丧葬承办人塞勒先生很好,他替我安排了一切,负责所有的事情。他去把她带回来,亲自购买墓地。我没有足够的钱付全款,但他们让我分期付款,每次只需付一点就行了。"

马德琳克制不住地浑身战栗。

"我知道,这听上去很糟糕,"巴特利特太太承认,"可你又能怎么办呢?死亡就这样突然来了,而你根本没有准备呀。我过去总是认为我会先走,她会为我料理一切的。我从没想到我会——我会埋葬她。"她攥起一个瘦小的拳头,苍白脆弱犹如象牙雕品一般。她举起拳头压在一只眼睛上。

马德琳发觉眼下她的勇气已经消失殆尽了。说不了什么了,只能等待下次了。

马德琳站起身来,说道:"我希望没有——我没想要这样伤害您。"

巴特利特太太攥紧的瘦小拳头已经移到嘴唇上,堵住了嘴,像要咬进嘴里似的。她微微点了点头,这是原谅她还是接受她的道歉,马德琳不知道。

"我可以再来看您吗?"她问道,"我可以再和您聊聊吗?"

说不出话的老妇人再次点了点头,但这次的意思很明确。

马德琳走过她身边去门口,她伸手在老妇人的肩上搁了一会,只是徒劳地想给老妇人一点安慰。老妇人那只瘦小的拳头松开了,小鸟展翅般地张开手掌,轻轻地落在那只安慰她的手上。

在门口,马德琳轻轻地关上身后的门,回头看了看。除了那个微微的手势,老妇人没有动,也没有转首目送她离去。马德琳只能看到她的背影,光线形成了某种隐约的效果,柔和地聚焦于她的头部轮廓,她坐在那里,仍在那里。只是在感受,只是在呼吸。生活在死亡之中,或者说,死亡于生活之中。

有两种死亡我该为之负责,马德琳自责地告诉自己,不是仅仅一种死亡。这也是一种死亡。哀莫大于心死。

第二天,当马德琳抵达这座五层的小公寓楼时,她先是吃惊,继而有点不自在了。她看到了巴特利特太太那一身黑服的熟悉身影。老妇人就站在大门前延伸到人行道边的绿色帆布天棚下等候着。她不断地转头张望,先看看大街的一个方向,然后另一个方向,很显然她在等待什么人来临。马德琳很清楚,等的就是她。从她旅馆出来的最近路径引导她走在大街对面,她知道老妇人还没有看到她呢,她行走的大街的这一边停泊着一望无际的汽车,阻挡了老妇人的视线。一时间,她忽然有了一种冲动,真想趁着老妇人还没看到她之前就转身回去。

老妇人头戴帽子,站在屋外。为什么老妇人会以这种方式等候自己?她要带自己去什么地方吗?她想让自己见见她的其他亲戚,她家族的其他成员吗?但是,这不就是马德琳当初寻找她的目的吗?不就是为了借此通过她,通过其他的联系确定一些线索吗?那么自己为什么要感到紧张,又为什么要感到胆怯呢?

她促使自己转身向大街斜对面的巴特利特太太走去。而巴特利特太太看到她从两辆停泊的汽车中间走出来时,便走到人行道边来迎接她,同时几乎难以察觉地稍稍倾斜了一下脸庞,似乎是允许她亲吻一下。马德琳的嘴唇轻轻地碰触了她的前额。

"我真高兴你这么早就来了,"巴特利特太太低声说,"昨天我忘记问该去哪里找你了。"

马德琳于是就告诉了她住处,觉得没必要瞒她。

"我的确非常希望你和我一起去,"老妇人继续说道,"我知道你也会去的。"

"去哪里,巴特利特太太?"但立刻,她本能地出于恐惧而突然陷入了一阵忧虑谨慎的模棱两可之中。

"叫我夏洛特吧。"

"去哪?"

"哦,当然是去参加十一点钟的弥撒。这儿过去转过街角就到了。我们去正好赶得上。"

凶手为牺牲者祈祷。噢,我做不到。但之前也曾有过此事。之前曾有过多次呢。凶手为被杀害者祈祷。可是,噢,我做不到。我无法和她一起去那里。

马德琳站着,僵住了,脚下生了根似的。巴特利特太太向前走了一步,然后回头,看到马德琳仍未跟随自己一起走,便伸出了手,她与马德琳仅仅一个手臂的距离而已。她温和地拉住了马德琳的手,又开始向前走了。马德琳没有抗拒,跟在后面滑步似的走着,颇像一个被清醒者引导的梦游者。

她们转过街角,依然保持着这种奇特的手拉手方式,走到了教堂前。呈弧线状排列的灰色台阶通向教堂入口处,从两旁雕刻的壁龛里,那些圣徒空白的石刻眼珠无光无神地看着世间万物。

马德琳的脚趾接触到第一个台阶时,她似乎从发呆的迟钝状态惊醒了,好像开关"啪"地关上了某种强迫性电流,她挣脱了巴特利特太太的手,止步不前了,巴特利特太太才比她多走了一个台阶。

"我不能进去,别叫我去。"

巴特利特太太的目光平静,毫无责怪之意,尤其是她的眼睛中似乎流露出无尽的理解,这就是老年智慧的体现吧。"是因为信念吗?还是因为你持不同的信仰?那么,去你的教堂吧。上帝的房屋都属于上帝。无论是唯一神教派,还是浸礼会教派,或是——"

马德琳心想:凶手在哪个教派里都是凶手。

"我都会陪你去的,在你身旁一起祈祷,"老妇人继续说着,"用我自己的方式,但面对同一个上帝。我肯定我们各自的祈祷同样会上达上帝。上帝就是一个,没有分不同的上帝。"

马德琳别转了脸,一副害怕受到打击或者袭击的样子。她不仅是别转了脸,而且是转脸向下。她全身向下倾斜,极力背离教堂大门,一副憎恨的神色,并非厌恶的憎恨,并非畏惧的憎恨。她全身开始剧烈颤抖,于是巴特利特太太放在她肩上的手也跟着抖动了。

"我在外面等您吧,"马德琳声音低沉地说,"我就在台阶上等您。"

巴特利特太太看着她，深感奇怪。她松开了拉住马德琳的手。"那么，我将做两次祈祷，"她平静地说，"一次为她，另一次——为你。"

她转身慢慢地走上台阶，推开了大门，走了进去。装有大型弹簧的大门在她身后悄无声息地关上了。

马德琳站在那里等候着，寸步不动。一只脚踏在一个台阶上，另一只脚踏在下面一个台阶上，着了魔似的丝纹不动。

一些迟到者来到时，大门打开了，音乐声渐响，像是一首赞美歌，随后又轻下去成了一片嗡嗡声。她转过头，好像从暗紫色的隧道尽头看过去一般，只瞥见教堂内的墙上蜡烛上燃烧淌下的烛油闪闪发亮，犹如一串串金色的泪珠沿着墙壁流淌而下。随即大门又关上了，把世界一分为二，这个世界和另一个世界。

终于，弥撒结束了，人们走出来了，妇女和儿童都衣着靓丽，在她周围如花朵般地撒开，逐级而下。等他们都散尽了，街道又恢复了宁静，只剩下巴特利特太太独自一人站在最高的台阶上，她是最后一个走出教堂的人。

她缓慢地走下台阶，转向一旁的马德琳。尽管她两眼看着马德琳，眼里却根本没有认识后者的神色。马德琳转向巴特利特太太，上前跟在她身旁。但在回去的路上，她们一直像两个互不相识的陌生人似的，却又莫名其妙地并肩走着。去教堂时的融洽气氛没有了，毁灭殆尽。

当她们走到公寓楼前时，巴特利特太太先行进了大门，以她的年纪而论可以这么做，但她却明显地没有为马德琳拉着门，以致后者不得不紧赶几步推住了门才得以进去。上了阶梯到了房门前，巴特利特太太拿出一串钥匙，手颤抖着，无法把钥匙插进门锁。这串钥匙叮叮当当地在宁静的大厅里发出响亮的杂音。可是，当马德琳伸手要拿钥匙帮她开门时，她猛然间一把攥回钥匙，不给马德琳，几乎是满怀敌意。

最终她打开了房门，巴特利特太太一步跨进房门，旋即转身冷冰冰地面对着马德琳，堵在门口使马德琳无法进去。她的脸色灰白，神情悲痛，脸皮皱纹粗糙，石头一般冷峻。

"你为什么要想进来？我已经没有孩子了。"

马德琳倒吸了口气，尖锐冰冷，吸进去时如刀片割喉一般的疼痛。

"我只有一个孩子。带你的懊悔找别人家去吧。"

马德琳沉默不语。

"你就是那个人，"丧女之母继续说道，"你干的。你不愿和我一起走进教堂时我就明白了。"

一点一点地，她开始关她们之间的房门，门缝变得狭窄了，她还在说着。

"你干的，你。"

房门关上了。

马德琳一阵绝望,身体半蜷缩着,肩膀倚靠在墙上,对着门道的一边,她垂下了头。

过了一会儿,她伸直了身体,转过身去,哀求地轻轻敲敲门。没有回应。

又过了一会儿,她走了。

第二天上午十一点,门开了,巴特利特太太走了出来,身后拖着一个小小的带轮子购物车。她看到马德琳站在那里等候着,但她没说话。

一个多小时后,她回来了,小购物车里装满了她此行购买的物品。她看到马德琳仍在那里,她还是没说话。

门在她身后关上了。

隔天大约在中午时分,门又开了,她再次走出来。她看到马德琳又站在那里等候着,但她还是没说话。一段时间后,她回来了,手里拿着一件干洗好的衣服,用某种塑料袋套着。衣服挂在一个铁丝衣架上,衣架的挂钩从塑料袋的一端伸了出来,她用手抓着衣架挂钩,这样她在掏出钥匙时很难拿着衣服不让它拖在地上。

马德琳走上前去,很自然地从她手里接过衣服,为她拿着。与此同时,老妇人掏出钥匙,打开了房门。随后,还是很自然地,马德琳把衣服交给了她。她拿着衣服走了进去。

房门在她身后开着。

片刻之后，马德琳有点胆怯地跟了进去，在身后关上了门。

巴特利特太太已经在桌子上放了两个杯子。

……

"我很年轻就结婚了。十七岁。我们一无所有，只有倒霉事，几乎从我们结婚的那天就开始了。现在有时候回想起来，那几乎就像个不祥之兆。

"在斯塔尔出生之前，我们先有了个小男孩。后来我们失去了他，那时他才五岁吧。"

"他死了？"马德琳问。

"不，"她说，"不过或许他死了，我们从不知道。"

"我不明白。"

"他某一天失踪了。从这个世界上失踪了。我们再也没有见到他。刚才他还在门前玩耍，我们都能看到的。可转眼之间就没了他的踪影。我不知道是不是哪个坏蛋诱拐了他，然后又抛弃了他。如果他只是丢失了，他最后肯定能给找回来。没有孩子会一直丢失的。警方寻找了好几个月，好几个月呢。他们最后在大约一年之后来找我。肯定有整整一年了。一年多。那时我已经习惯了没有孩子的生活。他们告诉我说，他们只能得出一个结论。那就是他肯定不在人世了，否则应该已经找到了。他们说他肯定是马上就遇害了，就在刚失踪的一两天之内，通缉寻找令还没完全开始发布。他的尸体以某种方式处置了，所以再也找不到了。那个年龄的小孩身体才这么小啊，"她虚弱地说，"你几乎可以把他塞进一个烧木柴的炉子里，或者丢进一满罐的灰里，或者卷起来塞进一个阴沟里。"

马德琳打了个寒战，咬了一下手背。上帝啊，在这个世界上还有比谋杀小孩更可恨的吗！比较起来，谋杀成人倒是显得干净些，堂堂正正了。

"即使如此，我还是没有放弃希望。一个母亲又能干什么呢？可是日复一日，月复一月，——贝内特，就是我丈夫，看到我整天情绪消沉，忧伤过度，他最后建议我们再要个孩子。我觉得他想让我摆脱此事，开始一段新的生活。但我还是断然拒绝了。我不想再经历一次了。我害怕就在你变得依恋孩子，学会爱孩子时，突然又失去了孩子。我告诉他，在第一个孩子的事发生之后，假如我再要一个孩子，我就不会有片刻的安宁了。这对孩子不好，对我更糟。无论他怎么说，都无法说服我。

"哦，说起来，我觉得这是一件很微妙很私密性的事情，可是那么多年已经过去了，此事已经不再那么重要了。我不知道他是怎么做到的，但我突然发现又怀孕了。我甚至去找医生，让他帮我流产，可他说服我放弃了。于是，九个月后斯塔尔就出生了。"

可怜的斯塔尔，马德琳心酸地想着。甚至连她自己的母亲当初也不想要她。

"后来呢？"

"此事使我俩的关系产生了裂痕，导致我俩感情分离了。这不是哪个人的错，我俩的婚姻一开始就不吉利。有些婚姻就是这样的。有一个很长的时期——我不知道该用什么措辞好，容忍，冷漠。接着在后期，他开始酗酒。我想他变得满怀怨愤。看到一个男人就在你眼前喝酒喝得要死要活的真是可怕。醉倒在地上，呕吐，行为下流粗鄙。我尽量不让孩子看到这一切,把她锁在她的房间里。我是说，一旦他在夜里回家就是这个样子。可孩子们很聪明，他们知道事情，他们能感觉这些事情。

"当时——我觉得这是件可怕的事，但上帝还是仁慈无限。对他仁慈，对我仁慈，也对他的孩子仁慈。在一个冰冻到零下几度的夜晚，他在门前躺着神志不清，站不起来，无法走路，冻死了。"

那么上帝对斯塔尔好吗？马德琳的猜想有点离经叛道了。在给了她这么糟糕的童年之后，又在她才二十二岁时就把她带走了！

"在斯塔尔小时候，您担心又会发生像第一个孩子那样的失踪吗，就像您曾经预料的那样？"

"没有，很奇怪，我没有，"夏洛特回答，"我去了我的神父那里，他对我心情放松大有帮助。他说，事实上，闪电从不两次击中同一个地方，这种事情根本不可能在同一个家庭，同一对父母亲身上第二次发生。我觉得此话非常明智，从那时起我就没有任何害怕了。"

"您肯定不反对这么做吧?"在马德琳动手解开夏洛特递给她的一长包东西前,她问了一句。

"没问题,打开吧。你愿意就读读里面的东西吧,"夏洛特让她打开,"没什么重要的东西,就是些女孩子离家在外时寄回家的信。"

随后她又若有所思地加了句:"我觉得再保留这些信件有点傻,尤其是写信人已经不在世上了。"

"但我们时不时也都是这么做的。"马德琳提醒她。

"你把它们翻过来吧,这样你就可以按顺序阅读了,"夏洛特说,"早期的信件都在底下,最近的都在上面。"

这倒有助于我更多地了解她,马德琳自我辩解地想着,但她知道那只是自欺欺人罢了。她其实没想更多地了解斯塔尔,她只是想打探一下,看看能否找出些证据,几乎就像一个侦探似的。她内心有点不安,她知道聊天询问夏洛特和阅读斯塔尔的私人信件之间有着巨大的不同之处,这些信是斯塔尔写给另一个人的。至少,在她看来,这就是重要之处。这有点像看一个脱光了衣服的人。

她把信件拿到窗户旁,坐了下来,以便稍微私密地阅读。夏洛特坐着没挪动,静静地看着自己的手背,仿佛在回忆当初她自己第一次阅读这些信件的情景。

马德琳没有从头到尾地阅读每一封信，没必要。她目光在信纸上快速浏览，只注意几个关键词语。一封信里符合她目的的要点和重要性往往就在关键词语里表达出来了。

……旅途真累人啊。当然，也有点想家了。思念您和我成长的家乡。在一个新城市里的第一个晚上你总会感到陌生……

……现在习惯了。开始觉得自在了……

……和我一起工作的女孩非要拉我陪她去这个聚会。我真的不想去，可也只好答应，免得她觉得我不友好，对人冷漠。那里有个男子叫赫里克。看上去很不错。聚会后送我回住处，就送到门口。还问能不能给我打电话。我撒了个谎，说我这里没有电话。我还不想和什么人搞在一起，这事可以再等等……

……我去接电话时差点摔倒，结果就是他。看来是和我一起工作的女孩把我的电话号码给了他。等着吧，我会抓住她，好好说她一顿……

……我越是想让他死心，可就越是不成功。这情况变得我没法掌控了……

……结果发现他已经结婚了。真的，他自己告诉我的，但也不会有什么用。我态度坚决地对他说再见，让他别再来找我了……

……此事给我的伤害比我自己意识到的还要大。我一定是卷入过深,远超自己清楚的程度……

……当他敲门说他是谁,我不愿开门,所以他从门下塞进来一张纸。我捡起来一看,原来是他和她离婚的终审判决。这是无可争议的。我稍稍想了想,就开了门。突然之间,我们就投入相互的怀抱中。我直到那时才意识到,我长久以来已经爱上他了……

……昨天我们结婚了……

……我了解他越多,就越爱他。真像是梦想成真。我爱他如此之深,所以我有时真担心会有什么事发生,会有某种不吉利的命运来惩罚我们,谁让我们居然敢如此幸福呢。看上去一切都好得难以持续……

……到昨天正好是一年半了。整整十八个月。我们一年半纪念日,你是这么说的吗?他送了我一个漂亮的金手镯。每年你都会再送一个漂亮的饰品,直至成套饰品都全了。第一件饰品上刻字说"我爱你。"那么以后再送的饰品如何说得更好呢?我送他一个打火机,上面刻着他姓名的缩写。我们在公寓房间里举行了一个香槟鸡尾酒会,就我俩单独相处。然后我们出门吃了顿中国菜肴。餐后我们去了一个盛大的音乐演出会。演出落幕后,我们用力从拥挤的大厅里挤出去,这时他又想带我去那些大夜总会玩,以此结束这一天。我说:"维克,别在一个夜晚把我们的钱都花完。我知道你爱我。你不必那么铺张浪费地证明了。"他看我的眼神一下子就融化了我的心,就像把一个雪球扔进火炉那样。他所说的是:"你不让我证明吗?就今天晚上啊。你不让我证明吗?求你了,好吗?"那种小男孩的眼神,那种丈夫的眼神,那种情侣的眼神,我实在无法抗拒,无法抗拒。就在人群里,我伸手抱住了他,几乎全身都吊在他的头颈上了,我亲吻了他不下十八次。"世上只有一个维克,只有一个你。"我贴着他的耳朵说。"那是因为,"他说,"世上只有一个斯塔尔……"

马德琳把信件重新折叠好,闭上了眼睛。

那么真实,她在想。那不可能是虚假的,不可能是杜撰的。写这封信所用的墨水在这么久之后依然散发出这种真情。他们不顾一切地相爱,疯狂地相爱,真实地相爱。

这是最后的一封信。之后就没有信了。

"但他的前妻并不甘心。她是个歌手,在夜总会唱歌。她脾气粗暴,明白我的意思吗?她就使了点坏,完全毁掉了他们的婚姻,完全毁掉了。"

"干了什么？"

"我根本不清楚。斯塔尔不愿意说。"

"斯塔尔见过她吗？斯塔尔知道她吗？"

"我亲自问过她。她说：'我这辈子从没见过她。'这是她的原话，'我这辈子从没见过她。'然后她说，'她只来过一次电话。就一次，一天凌晨一点。就这个电话，毁了我的生活，毁了我的幸福，敞开了地狱的大门，把我推了进去。'"

马德琳眼睛直瞪着她，全神贯注，心怀恐惧，惊讶不已。

"我盯着她时。"夏洛特看出了她的眼神含义。

"她说什么了吗？"

"只说了这么一句。'我要报复她。'她攥起了小拳头，就这么紧握着，朝自己脸上两眼之间碰了下。'我要报复她，'她说，'可我要怎么做才能扯平她对我干的事？这种事世界上只有一次，只有一次，没有第二次了。'"

夏洛特走到门口，她看到马德琳时面露喜色。她开始喜欢我了，马德琳心想。她们相互轻轻地在对方脸颊上吻了吻。

"进来吧，"夏洛特说，"我会给你做点午饭。有人在一起吃饭真好，不感到孤单了。"

"不，"马德琳反对说，"我是来带您出去。天气这么好。出去看看吧，好吗？"

夏洛特点点头。"天气确实好。我从窗口就能看出来。"

"我们去那个安静的小花园走走，离这儿不远——"

"湖边？"

"——坐在那里晒晒太阳，聊聊天。然后我再去餐馆或者茶室里买您喜欢吃的任何东西。您看，这样一起过上半天多么开心。"

"你会把我惯坏的。"夏洛特充满期望地说。

马德琳对自己轻轻地摇了摇头，站着等待着，两脚半是在门外半是在门内。她不禁觉得有点不太诚实，有点偷偷摸摸。可她又告诉自己，这么做不会伤害夏洛特或对她不利。相反，她正在做夏洛特的女儿希望做的事，她正在试图实现斯塔尔的愿望。如果斯塔尔泉下有知，她会赞同的，她会感到满意的。

夏洛特出来了，只是戴了顶帽子，挎了个手提包，依然一身便装。

"要确保房门锁紧了。"夏洛特关上身后的房门时，马德琳关切地提醒她。

她俩一起走在洒满阳光的街上，姑娘和老妇，就像母女俩一样。就像在过去的某一天里斯塔尔自己也会做的那样。

马德琳轻叹了口气。斯塔尔，永远是斯塔尔。为什么我天生就是这般的良心过于敏感呢，她思忖着。那些没这么敏感的人，接受现状多么容易啊。

她们走进了花园，原本就悠闲的步子更缓慢了，沿着铺好的路面,蜿蜒曲折的长长步道悠然漫步。绿色植物之美令人难以置信,空气清新,阳光灿烂,使得植物越发翠绿欲滴,远胜自然。绿茵茵的草地宛如绿宝石般,甚至有点闪闪发亮,她猜想是刚浇灌过的缘故。树上的片片树叶犹如深绿色翡翠薄片,每棵树下都是一片蓝宝石般色泽的树荫。在泛着宝石般光亮的这一天里,整个景色就像是一张人工着色的花园风景明信片,花园恍如世外之境。

"即使现在,城市和花园有时也能这般漂亮。"马德琳评说道。

"我还是个孩子时,我常常来这里玩,好多次了。我母亲总是带我来。"

她们走过一个小湖,鸭子在湖上戏水。水花四溅,波光令人眼花缭乱,犹如铮亮的银器一般。就连笨拙幼小飞禽的羽毛也闪闪发亮,泛出铜色和绿金色的混合色泽。

就着老妇最后一句话,马德琳看到话匣子打开了。

"我猜后来斯塔尔也来过这里吧。"

"是的,我尽量带她多来这里走走。时光轮转。生活真是奇怪。"

现在斯塔尔已去世了,所以老妇再也不能像她母亲那样,带着自己的小女孩来这里玩耍了。

夏洛特突然转向她,说道:"我知道你刚才心里在想什么。"

马德琳倒没想否认。她只是点点头,说了句:"是啊。"

她们来到一个长凳前,马德琳问道:"就在这里坐坐,好吗?"

她们一起坐下了。

马德琳掏出香烟，递给她同伴一支。

"我多年不抽烟了，"夏洛特说，"可我觉得还是做点改变吧，只要对你没问题就行。"

"我想聊几句关于斯塔尔的事，"马德琳说，"当然，只要您不厌烦。"

"现在也没什么厌烦了，"夏洛特说，"自打你来这里，过去甚至一想到她就心痛啊。可如今要是聊聊她反倒帮了我，让我放松下来。"

马德琳就不再为开场白浪费时间了。"她回到那个城里去时，也就是最后离开您的时候，您觉得她是打算——去和她丈夫复合，与他和解吗？"她说完了，随手把饰着景泰蓝珐琅的小巧打火机扔进了手提包。

夏洛特抬头看看她，神情诧异。

"您怎么不太想说啊？您也不太肯定吧。"

"我很肯定。"夏洛特说着，别转头看着其他方向。

"您是肯定她不会回到他身边吗？"

"我敢肯定她不会回到他身边去。不是你说的那种回去。"

"哦，我明白了。"马德琳简短地说。她希望现在已经对她俩的聊天施加了足够的推动力，剩下的只消随着话题聊就是了，不必问得太深入。

的确如此，但是有点勉强。

"她离开前的那个晚上开始收拾行李时,我特意问了她这个问题。做母亲的问问她那个结了婚可又离开丈夫的女儿,这是很自然的事,你说对吗?"

马德琳点点头,不想打断她。

"她当即停下收拾行李,看着我。只要我还活着,我永远也不会忘记她当时的那副神色。那副神色可怕极了,我过去从未在她脸上见过,也没有在其他人的脸上见过。她神色冷酷,绝对的仇恨。她眉毛倒竖,眼神冷峻得像岩石一样。她嘴巴也拉长了,抿成了一条怨恨的薄薄线条。甚至她的鼻子,随着呼吸一翕一动。我得说,那可是我见过最可怕的神色。

"随后她说话了,甚至连她的声音都变了,'好吧,我去看看他。我去看看他,如果这是我最后要做的一件事的话。我去看看他吧,你尽可以放心了。'

"我不明白她的意思,我看现在你也不明白吧。但我当时从她可怕到几乎是发疯的眼神里,刚才告诉过你了,我知道她不想和解,她不想原谅,没有爱的意思。甚至她说话的方式也是如此。她没有说'我将回到他身边。'她没有说'我将和他一起回来。'她一直是一字一顿地说:'看看他。'好像这就是她话语中隐含的威胁或者任何其他什么的意图。"

夏洛特手夹香烟的方式就像一个不习惯抽烟的妇女那样,两只手指卷曲勾着香烟的最末端。她把烟扔到地上,用脚踩灭了烟火。

"让警察逮捕他,或许把他告上法庭?甚至送他进监狱?"

夏洛特摇摇头,非常平静,非常缓慢地说:"可能更严重吧。"

"一个妻子又能做什么呢……?"

"她想杀了他。"

马德琳不由自主地吃了一惊:"您怎么会那么肯定?"

"我有把手枪。"夏洛特说得很平淡。

"可您怎么知道她拿走了手枪呢?"

"我当时不知道。事出偶然。那晚她收拾好行李后,我们没有再谈论此事。我不想再看到她脸上那副神色了,所以,我不再提起此事。第二天,她出门一会儿,在上火车前去买了点东西。我正巧看到了几块手帕,那是我帮她洗干净并且熨好的。那晚我忘了还给她,这样就没有放进旅行箱里。显然,她也忘了手帕还在我这里。

"我拿着手帕进了她的房间。旅行箱锁上了,随时可以提走,但她把钥匙放在梳妆台上了。这样做也很理所当然,我从来就不是一个爱翻看女儿东西的母亲,她很小时我也没这么做。我打开了旅行箱,开始把手帕平铺在最上层。就在此时,我感觉到一层层衣物下有个坚硬沉重的东西。我翻开来一看,是把手枪。"

马德琳能看出她脸上又现出了些许恐惧和担忧,尽管这事已过去很久了。

"把枪留在她旅行箱里真让我担忧,我不断地回想起前一晚她脸上的神色，我不想她做这种事。惹上麻烦，她的一生就会变得毫无意义，毁掉了，无论他对我女儿干了什么事。于是，我拿出手枪，把箱子重新整理好，再次锁上。把钥匙仍放在原处。

"我不知道该如何处理这把枪。我清楚如果她上火车前发现找不到手枪了，她会到处乱翻乱找。我不想让她再拿到枪。最后，我想到了一个地方，她也许从来想不到的地方。厨房里冰箱已经陈旧了，冰箱和墙壁之间有点空隙。我就把枪塞进那里。可是枪柄比较厚一点，无法从冰箱上沿空隙滑下去，所以枪就卡在那里，靠近冰箱顶部。"

"她发现少了手枪了吗？"

"没有，她没有再打开旅行箱。她最后买的东西都装在购物袋里了。反正旅行箱里也装不下了。"

她呼吸沉重了。"我们亲吻道别，她上了火车，那就是我看到她的最后一眼，我再也没有收到她的信件。我再次听到她的消息是她死了。这一定就发生在她回去之后，一两天之内吧。"

然后，她补充说："她甚至不让我送她上火车，我记得。她说她不想让我送她。这就足以说明她一心想去干那事了，干我刚才跟你说的事。我们就在公寓房间门口道别，就在楼上。接着我看着电梯门的小块玻璃慢慢下降了，就像一条生命慢慢消失了一样。"

两个小女孩踩着滚轮滑冰鞋经过，她们手拉手，两人共享一副滚轮滑冰鞋。一个滑倒了，差点把另一个也拽倒。倒地的小女孩脸孔抽搐，正要哇哇大哭，可她的小伙伴，就像一个小妈妈似的，费劲地把她拉起来，帮她把头发捋平，又把她裙子拉直了。小女孩终于没有哭出来。她们又滑走了，欢快如故。

"真可爱。"夏洛特看着她们远去，随口说了句。

至少，她们没有我们的问题，马德琳心想。

"您后来怎么处理那把枪呢？"她问道。

"什么都没做。我不知道该做什么，我也害怕告诉别人我有把枪。我还害怕去警察那里报告有手枪，因为警方会把她和枪联系起来。我如何解释最初是怎么会有枪的？我不能说我发现了枪，那样还会追踪到她头上。我也想过把枪用纸袋包好，扔进街上某个垃圾箱。可是别人也许会发现它，被引诱用它去干坏事。后来，在她死后，某天曾有个维修工来修冰箱，我担心他会看到，所以我就把枪取出来，藏进一个空的鞋盒里，再把鞋盒塞到壁柜底层。就一直藏在那里了。

"我们回去后我可以拿出来让你看看。

"每次我去壁柜取东西时，就能看到它，我不喜欢这样。它确实是我的心事。有天晚上，我甚至梦到了枪，它居然自己从壁柜里跑出来了。"

"我来把它从您手里拿走吧。"马德琳说着，陷入了深思。

那天晚上，她在旅馆房间的小桌旁坐下。它其实是个书桌，有两个浅浅的抽屉,装着旅馆里的文具,空白电报纸,一本印好的旅馆洗衣价格目录,一大张绿色的吸墨纸铺满了整个书桌面。她把手提包放在桌上,打开了包。她取出了左轮手枪,仔细察看。刚才夏洛特把枪交给了她后,确实神色宽慰了。

她根本不了解左轮手枪,只知道它可以用来杀人,还有谁比她更清楚呢?她无法辨别这把枪的口径,只知道枪身尺寸相当小,这是妇女或少女通常会购买携带的典型手枪。但不管尺寸大小,它都能夺走生命。枪身镀了层镍,她想至少银光铮亮的部分镀了镍吧,枪柄不是骨质就是象牙,不过她不能肯定。

她把枪放在铺着吸墨纸的桌面一边,暂且放一下而已。她拉开了手提包内层的拉链,取出一个小小的廉价便携笔记本,任何一家廉价品店或者文具店都能买到的那种。笔记本页面窄长,上面印着一条条蓝色横线,更是表明这是个廉价货。封面上打上了一个词组"备忘录",无意中倒也不乏嘲讽。

但是,笔记本内页上几乎没写什么,只有一行字:

报复那个女人。

她从手提包里取出一支带有圆柱形墨水盒的钢笔,"啪"的一声弹出笔尖。然后她握住了笔,却没写字,似乎是她一旦写了,所写的内容即无法改变,那么她会坚持己见。她想起了《鲁拜集》

的诗句:"指动字成,字成指动;任你如何至诚,如何机智,难叫他收回成命消去半行,任你眼泪流完也难洗掉一字。"

她看看手枪,看看钢笔,又看看两者之间翻开的那页纸,上面除了一句话,仍是空白。这有点像签署一张死亡证。

她坐在那里,久久不动。房间里一片静默,在她内心的安静中交织着自我争辩,她能听到她放在办公桌上那只小巧旅行钟的滴答声。

一旦她写下了,必须照办,贯彻到底,她就是这样的人,没什么事能改变她。

突然,笔尖伸向纸面,一个"2"字就出现了。

1. 报复那个女人。
2.

她又驻笔不动了。她两手合掌,钢笔仍然夹在交合的手指间,她举起手掌至嘴边,就这么举着,轻压嘴唇,仿佛与手掌窃窃私语一般。

我服药是为了治病,因为病又犯了,马德琳心想,但是,我有权利这么做吗?她憎恨他,可我根本没有。那我怎么能有这个权利,我根本不认识他,从未见过他呢。

我答应过她,我对她发过誓,你不能对死者失信,不然死者会起来指责你的。

突然,笔尖戳在纸上,歪歪扭扭地迅速写出一行断断续续的字,其间书写流畅,手指松开了两三次,写好了。

  1. 报复那个女人。

  2. 杀掉那个男人。

初识歌手德尔

　　马德琳第一次看到她是一天夜里在那个叫"银泰姆"的夜总会里。她是那里的歌手,她有一个三人小型乐队伴奏,有钢琴手、打击乐手、铜管乐手。她在那里当歌手,很棒。

　　"噢,呵——呵——呵——呵,
　　我生命中有首摇篮曲,
　　自从你走后,
　　没有夜晚,没有白昼……"

室内的一边沿墙是一个狭长的舞台或者楼厅，仅一人高，她就站在上面，手扶栏杆，俯视听众。从室内另一边打出的一束聚光灯照在她脸上，精确得如同给她罩了一个白色面具一般，不会有丝毫偏差，而她的脖子、肩膀、手臂以及衣裙则隐入棕色的烟雾之中。

她歌唱爱情，哀叹爱情的失去。满场皆是一派温情脉脉的安静，这意味着她彻底掌控了听众。

情侣们肩并肩，手拉手，有人脑袋依偎在对方的肩上，神色虔诚，听得入神，体验着歌中的情景。这里的人年龄最多才三十出头。这是年轻人的场所。经营者的想法很好，马德琳立即明白了其经营理念。

有钱人过夜生活是去大型豪华的夜总会，那里有跳舞场地、歌舞队，还有二十人的乐队。没钱的人则去街角的酒吧过夜生活，那里有邻近的朋友熟人一起看看电视。但还有一种人处于有钱者和没钱者之间，不能归入上述哪一类。年轻的已订婚情侣们和年轻夫妇们，他们仍然被玫瑰色的迷雾包裹着，依然相信爱情，依然想听到爱情的颂歌。眼下的这个场所就是为他们开设的，他们只需花一两块钱就行了。马德琳能看到他们都簇拥着这位歌手，他们眼中的歌星。他们脸颊紧紧相贴，做着他们的美梦。他们还会再来，带着他们的朋友，都是他们一类的人：陷入爱情的年轻人。经营人有其内在的盈利之道，就是那些年轻先生们和未来太太们，是的，他确实有一套巧妙的手法。

在她唱这首歌以及随后的两三首歌时，马德琳一直在思考。我怎么才能认识她呢？怎么才能真正地认识她？递上一张歌迷的字条，写上我敬佩她，想和她见面？那也就是一个微笑，握握手，几句客套话而已，然后我又得走开了。当男人们想见一个演员，他们就成了守在剧场后门捧美女演员的男子了，我也这么做吧。她决定了，有点和那些男子类似，但心中的目的有所不同，她会成为一个守在剧场后门捧美女演员的女子了。

她在那里待的时间足以估算掌声的热烈程度了。掌声不是雷鸣般的，也不是猛烈的，这可不是在剧场里。但掌声倒是温和友好的，像柔和的夏雨滴落在锡皮顶棚上。他们喜欢她，那可是成功了一半呢。

这场所的外面毫不引人注目，你可能会轻易地错过。那里没有天棚，没有门卫，没有一长串到达或离开的出租车，那里只有大门上方一个极其简朴的霓虹灯，映出手写的"Intime"（"银泰姆"）字样，在霓虹灯的一边有个挂在架子上的广告牌，只是写着"阿德莱德·尼尔森，风格歌手"，还有她的照片，以及乐队名称，"三伙伴"。

在夜总会门前有点犹豫地站了一会儿后，她找了一辆出租车，算是补偿自己的辛苦吧。那出租车开来了，下了客，她就钻进去坐下，那座位尚未冷却。

司机等了她一会儿，好让她自己说目的地，最后回头投来征询的目光。

"我在等人出来，"她告诉司机，"请稍等。你看到我们前面车子过去一点的那个空当吗？能不能就停在那里，那样就不会堵住进口了。"

司机照办了，其动作之娴熟只有专业的出租车司机才能展示。这样一来，就让她脱离了阿德莱德·尼尔森走出来时的直接视线范围了。她对着几个走出来的人试了试视线范围，发现她在那个距离可以看清楚他们，只消稍微转头从出租车后窗看出去即可。

司机抽着烟，在行车记事本上计算起来。

她就坐着等待。

"关灯。"她突然说。

阿德莱德·尼尔森随意地在一个肩膀上披了条皮毛围巾，没戴帽子，马德琳看得非常清楚。她就像马德琳之前那样等待着，一度曾走向马德琳乘坐的出租车，尽管车子的顶灯根本没亮。马德琳退缩到角落里。还没等那女人走到马德琳的车子前，另一辆出租车悄然而至，她招呼一声，就跨进了那辆车。

马德琳说："看到我们身后那个女人坐进去的车子了吗？就跟着它走吧。"

"又是这种事。"他漠不关心地说了句。

"不要跟太紧，但别跟丢了。"

他本就属于车技娴熟稳当一类的司机，已会掌控行车节奏和保持车距，每次能在交通信号灯转红之前开车通过，一次都没停。

在一个十字路口，前面的出租车被一辆横向拐弯的公交车阻隔了，错过了绿灯，所以司机也只得不过绿灯，和那辆车停在一起了。之后，行车节奏也没了，两辆车每次过路口都遇红灯而停。但它们每次都停在同一条停车线。

领头的出租车最终停下了，阿德莱德·尼尔森下了车，付了车费，沿一个暗绿色长长的人行天棚走进了一栋大楼里。

"门牌号码是什么？"马德琳问道，仔细地窥视着。

"22号。"

此时她已经看清楚了。

"好吧，现在你可以开下去了。"她给他报了自己的住址。

"就这个地址？"他毫无表情地问了句。

"就这个地址。"

她明白他还会接着打听更多，他还真问了。

"她把你的男友抢走了，是这么个把戏吧？"

"我可没什么男友可以被她抢走。假如我有的话，既然他那么容易被抢走，那她可以留着他。"

她在沃尔沃斯零售公司购买的纸型公文包，在音乐用品商店购买的乐谱纸，乐谱纸上的音符是她写上去的，除了她本人外，这些东西都很糟糕,她放东西时曾这么想过,那倒不是开玩笑。

她会点钢琴,是在那种条件极其有限,二十岁左右每周上一次课的情况下学的。她还会哼曲子,可谁又不会呢?她知道,在一首抒情诗里,每隔一行的末字要和两行前的末字押韵,但当中的一行不必押韵。无论如何,大约某些歌曲也是如此吧。但她并不在乎别人是否会接受,而是别人是否觉得有点真诚。着手了解一个女人吧。

门打开了,她们第一次如此靠近。

在如此近的距离,阿德莱德的妆容显得夸张了。但马德琳意识到这不是她的个人妆容,而是表演妆容,所以也没什么好奇怪的。一副人造眼睫毛粘在她的眼睫毛上,毫不自然,醒目地突兀在她眼部周围,好似素描里的太阳光线。她浑身散发出一股香味,混合着酒香味和花精味,几码之外就能闻到,很难辨别哪种香味更浓烈些。她的头发卷曲到奇特的程度,发色是姜黄色的。她梳发时一定就像在梳理荆棘丛似的。她那双眼睛蓝得不真实,很可能在她憎恨什么时会变得几乎是绿色的。很可能她憎恨的东西很多。她身穿类似棉袄的衣服,长及臀部,下穿一条极短的短裤,均为白色。她赤着脚,马德琳注意到她的脚指甲涂成金色。

她站在那里,有点挑衅的味道,倒不是针对马德琳,而是针对世界。别碰我,否则就掐死你,就是这么一种气势。

"你就是那个人?"她说,"我还以为你是个男人呢,写便条的方式。"

"我觉得那样写的话,我更有希望。"马德琳承认。

"确实如此,"阿德莱德说得很直率,"不管怎么说,进来吧,"她生硬地加了一句,"让我看看你的东西是什么货色。"

她一屁股往后坐进了一张椅子,但她是在椅子旁侧坐下的,于是一条腿便搁在椅子扶手上,就这么搁着,与她身体形成一个突兀的角度。她开始草草地浏览乐谱纸。她满口吞云吐雾,突出下嘴唇,猛然喷出一口烟,笔直向上,直冲发际,拂动了垂落在额头一边的头发,技术非凡。

"题目不错,"她评论说,又大声地重复了一下,"《同情心(请接受我的好意)》。"

她站起身来,走到钢琴边。她倚靠在钢琴上,仍然站着,伸出一个手指,开始在键盘上敲打这些音符。她有点困惑地摇摇头,似乎要清除掉不和谐音,再重新开始。但她又摇摇头,停下了。

"你谱的是什么玩意儿?"她怒气冲冲地问,"这曲子根本还没有定型。"

突然,她又有了个想法。"也许我拿倒了,"她说,便把谱子在乐谱架上颠倒了一下,接着又倒回来,"不,谱号标志都说明该这样放。"

她长久地瞪着马德琳,满脸怀疑。"你学过作曲吗?"她责问。

"不完全会,"马德琳没做否认,"我所有的朋友都说这个曲子是我自然而然地谱写的。"

"哦,是吗?"阿德莱德厉声说道,"好吧,听我劝,立马拿着你的东西走人。真不知道你想表达什么,但这东西肯定不是音乐。在我看来,那就是斯洛伐克人的摩斯电码罢了。"

"什么意思?"

"我的意思是你根本就不懂音乐,"阿德莱德厉声说,"你觉得只要拿一大把音符扔在纸上就会变成一首歌曲了吧。不是这么作曲的,就像你把颜料扔在画布上就想变成《蒙娜丽莎》一样荒唐。"

"我可是非常用心创作这首歌的。"马德琳争辩说。

"哦,是吗?在我看来,你根本就不知道什么叫用心创作。我过去认识一个男子,他是个物理老师,他说过对于工作有个公式。我说那是肯定的,不就是两份勤劳加一份汗水嘛。但他却告诉了我一个公式,让我难忘。你知道是什么吗?"

马德琳等待着。

"力乘以距离。换句话说,并不仅仅是你推动物体用力程度如何,还有你想移动物体多远。如果你拼足全力推动一堵墙,它不会移动一英寸,你根本就没有做成任何工作。而这个,"她挥舞了一下手里的几张乐谱,"这并没有移动任何物体。当然它没有打动我。"

"您谈论什么墙壁时,"马德琳说,"我不明白——"

"你就是在用脑袋撞墙,"阿德莱德尖锐地说,"假如你想用这玩意儿来得到什么的,你可是浪费我的时间。"

那是你的歌,马德琳心中暗想。你已经把一生都绑在这上了,这个女人却告诉你说这样不好。这是你的机会。如果你不能用这首歌赢了她,那就用你感觉可行的办法赢她。

她装出一副委顿失望的神色。"太遗憾了,"她呆呆地说,伸手从阿德莱德手里拿过那些乐谱,"我确实没有浪费您时间的意思。"

她走向门口,转动门上的把手,拉开了门。她转过头,一副快要哭出来的样子。"还得谢谢您。"她努力说道,她的嗓音说到后半截突然变了,然后她走出去,随手将门关上了。

才过了一会儿,她就听到门的把手开始转动,门就要再次开启了。她马上伸手扶着墙壁,脸埋在手臂里,一副崩溃心碎、完全绝望的青年女子神色。她甚至还微微抖动着肩膀,似乎是在无声地啜泣。

门开了,她知道阿德莱德正站在那里看着她。

"年轻人,"阿德莱德沙哑的嗓音稍许柔和了一点,至少,她的嗓音也只能这么柔和了,"很遗憾,我刚才对你太粗鲁了,年轻人。忘了吧,回来吧。我不会买你的歌,但我会请你喝一杯。这个星期二下午可真是让人孤独厌烦。"

马德琳缓缓地抬起头,转过脸庞,让自己有点时间显出一副胆怯战栗的微笑。但她暗中却很高兴。她有把握了。

……

女人之间常常能比男人们更容易也更快速地形成友情。一方面，她们的自我并非那么脆弱，所以在面临一些误解的话和行为时，不会轻易生气动怒和表示轻蔑。一旦某个协议成立，大家接受了，她们就不会相互之间过于计较体面，更不会相互之间保持矜持。那是因为导致这些情况发生的紧迫因素往往并不存在。在经济上，她们即使有的话，也是极少相互嫉妒，并且，出于同样的原因，倾向于在经济上相互信任，不存在那种生意竞争上你死我活的冲动。

阿德莱德对马德琳的友好表示倒是出于怜悯，这怜悯混合着她对起先勃然大怒的内心愧疚。但是，这种怜悯和内疚往往只能维持相互友好关系一段时间，而后怜悯的对象又会成为怨恨的对象，因其以不良情绪烦扰另一方。在此情形下，这两个女人快速通过了怜悯和内疚的阶段，进入了更深的关系层次。

马德琳清楚，她结识阿德莱德时，她能满足对方想有个朋友的需求。她就是可以聊天，可以倾吐的对象。同时，她也是可以被引导，可以让阿德莱德感到高人一等的对象。

"就叫我德尔吧，"阿德莱德一开始就对马德琳说，"不管怎么说吧，知道什么是阿德莱德吗？那是澳大利亚的一个城市名称。我敢打赌你从没去过澳大利亚。"

"您说对了。"

"我也没去过，可我已经去过足够多的地方了，所以我知道不必去那里。你知道为什么吗？因为所有的地方都一样，即使它们略有不同，而我无论走到哪里还是同一个人。我无论去哪里，我过的还是同样的生活。我会见到同样类型的男人，只是他们说话的口音不同。他们希望从女孩子那里得到的是同样的东西，而他们得到时给予的回报也是一样。我会唱相同的歌曲，从我遇见的人那里听到相同的废话。"

"您说得有点尖刻了。"马德琳插嘴说。

"是吗？那是好事。你最好宁可对人尖刻一点也不要太温柔了。如果你对人温柔点，这世界上有的是人想一口把你吞掉。当你足够尖刻时，他们尝尝味道就走开了。"

"这就是您想要的生活？"

"这就是我为什么还活着的原因。"德尔说。

友情让德尔对马德琳的态度柔和了，但这并未让她改变对马德琳谱曲的看法。"那些根本不算歌曲，"她直截了当地说，"从你所写的东西来看，你不懂如何构建一个主旋律，更不用说弄明白和声效果了。如果你有强烈的旋律感，你可以找人配上和声，整理出一份主旋律谱，可我在这里根本没看到这些东西。哎，你为什么那么喜欢谱写歌曲？"

"只是觉得我必须得做的事。"

"是啊,"德尔说,"嗯,我能理解那种感觉。那是某种渗入你内心的东西,很难拒绝。如果你很幸运的话,你同时具备愿望动力和天赋才华。但一些不走运的人常常有了这个少了那个。当然,如果你有了天赋才华,却没有愿望动力,那也未必是世界上最糟糕的事。我认识一个女孩,我发誓她有天使般的嗓音,简直难以置信。她不是生手,唱歌时的乐句和节奏,任何细节都是恰到好处。但她万事俱备,独缺一样。"

"缺了什么?"

"她没有唱歌的愿望动力,她根本就不在乎。她原本可以一举成名,成为头牌歌星,很可能就此走红了。灌唱片,上电视,甚至拍电影。她确实具备那种天赋。但她没有愿望动力,所以她忍受不了一大堆讨厌事,而这些讨厌事就是这个行当的一部分。你知道后来她怎么啦?"

"怎么啦?"

"她遇见了一个非常优秀的男孩,嫁给了他,现在她只给她丈夫和小孩唱歌,她家在郊外有个别墅,她心满意足了。听起来也不错,对吗?"

"不错。"

"那就是你只有天赋才华却没有愿望动力的结果。可如果换一下,只有愿望动力,没有天赋才华,那你就是一辈子的失望了。唔,该怎么说呢,如果你既有愿望动力,又有天赋才华也只不过如此了,因为在这个行当里,即使胜者也会浪费许多光阴。但是,至少在这条道上还有几个荣耀时刻,让你一直保持希望。"

"我没有天赋才华吧?"

"不在音乐里。但我可以告诉你,我不想让你泄气——"

"什么呢?"

"你有几句歌词还不错。但它们不起作用,因为歌词不能存在于真空里。歌词不是诗歌,它只是一首歌的语言部分,它必须配得上曲调。真正好的歌词即使是自身完美,也有其内在的旋律等待作曲者去发现,去表达出来。你的歌词缺乏这种感觉,但零零碎碎地表现出几分天资。"

"比如说?"

德尔用拇指翻了翻马德琳的谱纸。"喏,比如这里,"她说,"'你和我,聚一起的孤单人,在我们自己的小乡村里,那里只有两口人。'这只是个片段,但里面有点我喜欢的东西。可是,这并不意味着这就是好歌词了。"

"也许我还可以再修改一下。"

"也许你行,但我不明白你为何要为此操劳。如果你停止去想它,所有的歌曲都在说相同的内容。它们都在用这种方式或另一种方式告诉你,爱情是神奇的。有的歌说爱情使人悲伤,有的歌说爱情就像野餐,但所有的歌都认为是爱情让世界运转下去的。你觉得人们还需要再听这类话吗?"

真有趣，马德琳心里想道，德尔那么快就设法消除她自身的敏感性了。她假如就歌词片段说了句好话，转眼间就可用尖刻的嘲讽评论把它抹掉了。马德琳总算明白了，这里有两个德尔。那个俗气艳丽、冷嘲热讽的德尔大多出现在舞台上，而另一个德尔总是躲在舞台幕后。

另一个德尔比较安静，不那么咄咄逼人。这另一个德尔难得说几句，说得太少了，所以你很想听清她说的每一个字。她死了，被杀掉了，再也不会活过来了，所以你想尽量多地了解她。

"有个叫约翰尼·布莱克的人。他写了首歌，当时是最棒的，《达达尼拉》。他们从他手里拿走了，或者至少插手干预了这首歌的写作，为了要出版，他只得让他们修修改改，重新安排一两个音符。都是为了得到他们的份额。你知道歌词里的那个开始悠长悲伤的呼号吗？然后又逐渐消失了，然后再开始，再逐渐消失。每当我听到这里，我就想，那是约翰尼·布莱克在坟墓里的呻吟，因为他们挖走了他的心。

"还有一个叫拜伦·格雷的。他死时穷得身无分文。死后二十年，有人找到了他许多歌曲中的一首。歌曲题目叫《哦！》，只有这个'哦！'非常可能是创纪录的最短歌曲题目。这首歌在一个演出季就创收了两万五千美元。没哪个死鬼比他更能赚钱了。

"这可是个艰难的行当。真他妈的艰难行当。别把自己卷进去了。哎呀，更不要牵连一大帮天真无辜的人。你给我的印象更像那类人。"

而在另一方面，她自相矛盾了，她会说："这行当也有许多突如其来的灵感时刻，我想那就使得其他的一切都值了。

"就像那个勤奋的年轻歌曲作者，有一天他在纽约的大街上突逢暴雨。他一头钻进了最近的一家旅馆大堂躲雨，他坐在那里等雨停的时候，无意中听到一个妻子对她丈夫说，'雨还没停啊？我们还不能走啊？'那个丈夫从他张望的窗口转过头来说，'再等几分钟吧。等到太阳出来吧，内莉。'

"或者罗杰斯和哈特在巴黎差点撞车，和他们一起的一个姑娘手按着胸腔，喘着气说，'我心脏不跳了！'"

马德琳沉思着，在我们每个人身上都有两重人格。一个是我们可能成为的人格，另一个是我们现在的人格。

就德尔来说，她有着精明的一面，正如许多女人初见时让人感觉她仅仅是轻浮地生活一样。德尔不只是精明了，她具有优秀的商业头脑。就算她原先是为了不劳而获（这在商业里稀奇吗？），那么以她的聪敏，在其余方面，余下的事都可由她负责，如此一来，任何董事会董事都会赞成的。

她某一天炫耀了一件独粒钻石首饰，十分钟爱地朝它呵了口气，再用她衣袖摩擦一番，使其更为靓丽，然后漫不经心地说一句：

"这个还可以戴两星期左右。"

"您什么意思？您还要还回去吗？"马德琳吃惊地问。

德尔眉毛一竖，"理智点，"她告诫马德琳，"只有弱智才会这么做。"

"卡罗尔·钱宁曾经唱过的那首老歌名叫，"她继续道，"《钻石是女孩的最爱》，就是这句废话。但又不对。你可以珍藏钻石二十年，但你得到了什么？仍然是钻石而已。钻石漂亮，但钻石不会为你赚钱。而任何不能为你赚钱的东西算不上真正的漂亮，对吗？可以这么说吧：美国电报电话公司股票每年收益3.6%。而钻石每年收益0.0%。钻石还喂不饱小猫咪呢。

"所以，我就这么做。我有个特别的私人朋友——"她突然停下来爆发出一阵大笑，"嗯，他也只能做个特别的私人朋友，是吗？他会时不时地见到这类东西，在一些特殊场合吧，比如说圣诞节啦，生日庆祝啦。我通常戴大约两个月时间，如果他觉得合适，习惯于看到我佩戴，就不会再去注意了。我就不再拿它出去炫耀了。我拿去我认识的一个珠宝经纪人那里，他就展示出来叫卖，之后他拿佣金，我拿余额。每次我会有损失，但我不介意。比如，一件珠宝值两千美元，我会很乐意卖一千两百美元。你永远不可能拿回原价的钱。然后我拿着这一千两百美元，这可是干净的钱，去找我另一个特别的朋友，他是个投资经纪人，他用我的钱替我买进一大把美国钢铁股啦、通用汽车股啦，或者其他的一些蓝筹股。

我把这些股票放在一边，不去想。股票从那时起开始替我赚钱了。所以当某一天我的嗓音坏了，没法唱歌了，当那些人不再拿着钻石露面了，我也将有足够的钱进账，让自己活下去。"

"您已经计划好了。"马德琳钦佩地说。

"你必须得这么做，这就是生活。你知道比利·霍利迪唱的那首歌吗？《上帝保佑拥有自我的孩子》。天哪，这首歌撕碎了我的心，她那种演唱的方式，她并不是仅仅演唱这首歌，你要知道，她自己写了这首歌。她不是歌词写手，演唱者只要演唱就可以了，但她写下了这首歌。在她写下这首歌之前，她做了一件事。"

"什么事？"

"她亲身体验过了。'上帝保佑拥有自我的孩子'。你不能等待别人给你，你不能依靠别人三明治里掉下的面包屑过活。'上帝保佑拥有自我的孩子'。如果你不照料自己，你永远就是那个糖果店门外的孩子，鼻子贴在橱窗玻璃上，朝里张望，不明白为什么别人都有糖果吃，而你只有冷冰冰的鼻子和满嘴的口水。"

后来，她问德尔，如果她的男朋友知道她卖了他送的那些礼物，他会怎么想。

"从我这里拿走喽，"德尔说，"但他不想知道。因为如果他知道了，他觉得他要心烦心疼了，所以何必呢？他送我钻石因为他不能送我钱，那样的话会让我们的关系蒙上我们都不愿意的不洁之名。而除了钱之外，一颗以美丽面貌出现的钻石又是什么呢？

他可以送我假冒珠宝，我佩戴后看上去和真的一样。但钻石是他可以接受的给我送钱的方式，如果我把那个值钱的东西去投资了，而不是佩戴，那我才是聪敏呢。可他如果知道了不会喜欢的，因为那就意味着他在看一样他不想看的东西。"

"所以说，上帝保佑那个孩子。"马德琳说。

"阿门。你知道如何写歌了吗？先从情感开始——你自己的情感，不是从某个歌里得到的二手情感。而是那种你深刻地感受到的情感，就像黛女士在那首歌里的情感。然后写下歌词，歌词要好到有内在的旋律隐含其中。"

"我会有个更好的机会，"马德琳说，"如果我有一架钢琴的话。我的旋律那么糟糕是因为我一直试图在头脑里听到音符，如果我有一架钢琴的话，我就可以弹出声音来，然后记下听到的旋律，而不是再去猜测旋律如何了。"

"那就省下你的钱去买架钢琴吧。"

"可我还没有足够的钱呢。就算我有钱了，我也还没有房间可放钢琴呢。我在想——"

"呃？"

"您有大量的时间不在家里，"她说，"假如我可以在您不在时来您这里，当然不是所有的时间，而是每当我有个想法要亲自在钢琴上完成的时候。假如我能这么做，我觉得我能写出几张主旋律谱，不再会是那种像斯洛伐克语似的摩斯密码了。"

"那就是我称之为你写的歌？对啊，我想是的。"

"假如我真的写出像样的东西，您就是第一个试唱的人。万一这歌曲大大地成功了，其他歌手也演唱了，那么既然您一直在帮助我，您还可以成为合作者。"

德尔摇摇头。"我觉得我挺善于建造空中楼阁的，"她说，"而你不但在建造，你还开始向四周出租房间了。你还甚至没有写歌呢，你就已经做梦登上全美劲歌四十强排行榜了，还想着我们两人分享专利了。这就是你所想的事吗？我希望你别指望搬进来，因为我不想有任何室友。"

"不就是一把房间钥匙吗，"马德琳说，"我会先打电话确认您不在家。"

"希望如此。我最不希望的是某个人在错误的时间进入我的房间。"

"我会非常谨慎的。"马德琳很顺从地说。

"好吧，就这么定了，"德尔说，"你可以配制一把我的钥匙。有一个条件。如果少了什么东西，你就该负直接的个人责任，并为此赔偿。"

"我同意。"马德琳说。

"那么，这里是钥匙。"德尔走到梳妆台边，打开一个抽屉，拿出钥匙，扔在马德琳的膝盖上。

"我可不是圣诞老人，"她让马德琳明白，"而且，我或许还能从中找到一首像样的歌呢。哪怕赚点小钱也好。"

德尔不在时，马德琳去了两次。经过一番里里外外的彻底搜查，她没找到她还不知道的线索，于是她不再费心那么频繁地去了。奇怪的是，她出乎意料地发现，比起德尔不在家时的寂静且仔细消毒过的环境，德尔在家时，她反而能打听到更多的情况，因为她们一起醉酒，然后喋喋不休地说个不停。而那个环境本身却没什么可告诉她，亦无诉说之声可用。那么，那个环境能向她显示什么呢？书桌抽屉里有两长条的紫色邮票；梳妆台上放着一瓶琥珀色的香奈儿香水；药品柜的架子上放着一小瓶阿司匹林；冰箱里有一夸脱随处可见的加拿大俱乐部威士忌，还有六罐喜力啤酒专为那些逐渐戒酒的人准备。甚至她那个记电话号码的小册子也用绳子挂在钢琴旁侧，显得清高慎微，只是记了一家酒类专卖店，一个音乐出版商，一家专为凌晨四点夜宵的通宵小吃店——和谁一起去呢？还有一个她购买鞋子的店家。根本就没有一个私人电话号码。

高明。她一定是把私人号码都记在脑袋里了。

人们似乎无论如何都不给德尔写信。倒不是他们不喜欢写信，很可能是因为在她和他们共处的世界里，大家都快速移动，没法等待收信，一个电话就能把所有的事说清楚了。昨日聚会时热切渴望，而到第二天或许早就冷静下来，漠不关心了，或者同时又有其他人跟随而来了。

在她目前的生活中，没有那两个当事人的照片，也没有她前夫的照片，那个男人之后和斯塔尔结婚了，但这最后的男人也没有什么值得惊奇了，她很可能早在精神崩溃时就已经把照片撕掉了。

她那里有一长串的医疗账单，都是同一个医生开的。第一张上面有金额。第二张上面在金额后加了手写的"请支付"字样。第三张上有了恳求口吻的"第三次通知"字样。最后一张上的金额上打了叉，加了一句"今晚怎么样？"

"原来这就是她关注此事的方式。"马德琳忽然恍然大悟，颇感讽刺意味。

马德琳几次在去过那里后留下字条："已来过。试过了。马。"有一次，为了显得可信一点，她写道："《从你那里得到的一首忧郁布鲁斯》这个歌名好吗？"

第二天在同一个地方德尔留下了一张字迹潦草的回条。"可能吧，但我不唱忧郁布鲁斯，记得吗？如果你要用我的钢琴创作，写些我可以唱的东西，至少是这样！"

马德琳对此做了个鬼脸。

德尔谈前夫

马德琳明白德尔开始谈论她前夫的时刻会来临的,而它确实来了。如果一个女人爱上了一个男人,她迟早会对她闺密谈论他的。而如果她恨一个男人,她也会迟早谈论到他的。如果不是这样,她就不是真正的女人了。如果不是这样的话,她就不会去爱男人,更不会去恨男人了。

马德琳在等待时机,她从不抛出这个话题,也不施以任何暗示,更不暗设语言陷阱。如果时机来临,这个时机将会更为自如,内容更为翔实。这个时机自己来临了。

. 一天,德尔正在浏览乐谱,想找些新的东西插入到她的曲目里去。她看到一个,开始以她的方式哼了下去。然后,她突然停下,狠狠地摔下乐谱,几乎是在拍击钢琴顶部了。马德琳循声抬头望去。从她所处方位,她能辨识出封面上的题目,题目颠倒了:《往日旧情》。

"不好吗?"她问。

"太好了,"德尔说,"这已超出了一首歌了,是一段真实的经历。我知道的,因为我已经历过了。昨晚我见到了你,我又拾起了往日旧情。"她转向马德琳,"管他呢,"她说,"你不会想听的。"

"不,我想听听。"

"为什么呢?就因为我随手拿起某个乐谱,陷入到某种情绪里了?这并不意味着我得给你讲一个悲伤的故事,让我们两人都感到忧伤吧。"

"有时把心事告诉他人对你有好处,无论是什么事,"马德琳说,"这样可以从你心里解脱此事了。"

"转加到你身上了?这是什么意思啊?"

"这就是朋友的用处。"

"别给我说这些,"德尔打断了她,"我不知道朋友有什么用,但不是用来听人们隐藏在内心的那些乱七八糟的事吧。也许精神病医生会有用,而不是朋友。为什么你要听,对你有什么好处?"

马德琳耸了耸肩。"也许我可以从中得到一首歌。"

"一首歌?"

"或者说是一首歌的构思。"

"我告诉你,"德尔说,"你不能靠了解别人的内心来获取好的构思,你应当以了解你自己的内心来获取啊。"

"也许了解别人的内心,或者听听别人内心的想法,不失为我可以借以了解自己内心的一种方法呢。"

德尔想了想。"是啊,"她稍后说,"有点道理。唔,如果你能忍受,我也可以。但我得把话说在前面,你或许会想拿把小提琴为我伴奏。就是这类故事。"

"悲伤的故事,嗯?"

"一场婚姻的故事,"德尔说,"有两种婚姻。糟糕的婚姻和想象的婚姻,因为真实的婚姻不好,而好的婚姻不真实。"她摇了摇头,"我不知道该怎么说起。"

"你们两个怎么认识的?"

"我们第一次相遇是在缅因州波特兰市的伊斯特兰酒店的邮政柜台边。我们两人都是为了休假去那里。我只想拿到房间钥匙。可职员却递给我一张留言条。我没看就说:'这不可能是给我的,在这个城市里我没人认识!'我说对了。那是给一个瑞典的尼尔森小姐的。他们放错柜台格子了,那个字母'i'写弯了,看上去就像是'e'。

"这时他朝我笑了笑,我就任由他笑。他开始说话了,我也任由他说。我几乎是在他开口说话时就喜欢上他了。分手前,他说:

'现在你可不能再说你在这个城市里没人认识了。'

"第二夜,他在大堂里走到我面前,带我去了一个酒吧,给我买了杯饮料。第三夜,他请我吃饭。休假结束,我们分别回到了市中心,但我们已经约好了等我们再来时见面,我们确实这么做了。那时,我已经爱上了他。但他不爱我,现在我看清楚了。通过整个事情的前前后后,我是有点不同寻常了。但我俩都犯了同样的错误:我俩都错把我对他的爱当作是对他爱我的回报。当他吻我时,其实他只是在回应我的吻而已,并非出于他的原意。当他拥抱我时,他只是完成了我要拥抱他所形成的半个圆而已。凭借这种幻觉,我们结婚了。他说过的那些话,我让他记在自己心里。

"从一开始就是一场糟糕的冒险。只要他还没有遇到他的真爱,我就安稳了。一旦他真的遇到了,难以自拔,我就全完蛋了。

"大约在我们结婚后两年三个月吧,他遇到了真爱的女人,二十七个月吧,不会错的。我们相处得非常好,在这开头的二十七个月里。他甚至不知道他不爱我。关于这一点,甚至我自己也忘记了,我一心一意地爱着他。

"我无法确切地说出她是哪天开始出现的,我不擅长记忆。她倒没有像破坏了开关门的电子束那样非法闯入,我也不能确切记住她是哪天到来的,只是在大约第二十六个月和二十八个月之间,她出现了。

"有一件事我至今无法解释,我当初怎么会知道的。当时在他身上有了些微妙的变化，我就知道来了，现在我回头去看，我明白我当时就感觉到了，但我仍然说不出来我怎么知道的，只是当时就知道而已。

"她很年轻,我也就知道这些。有一天,我们一起走在大街上时,我看到他瞄了一个十八九岁的女孩一眼。他对那女孩本人倒不感兴趣,那是一种推测性的眼光,所以我知道他一定是在拿这个女孩和另一个女孩做比较。我就此知道另一个女孩一定年龄差不多,十八九岁左右。即使在爱情里也可以用到侦探手段。

"没多久,我对她了解得一清二楚,除了她的长相和名字。几乎就在他们开始爱上对方时我就知道了。

"我常常一坐就是几小时，一直在想，也许还能找到什么办法把他赢回来。也许还不算太晚。过去常有这种事发生在别人身上。为什么不能发生在我身上？

"对啊，可是怎么做呢？每次我都这么问自己。怎么做？我从来就想不出个'怎么做'？

"然后，一天夜里发生了一件事，给了我一点想法，我觉得看到了办法。当时我独自一人坐在那里，看着电视，其实心不在焉，就在此时，电话响了。是个男人,他打错了。他问某某某小姐是否在,我说:'没有叫这个名字的人住在这里。'结果发现，我们两个电话的号码相同，除了最后两位数，就是这两个数字也只是顺序相反。他把顺序搞反了，就错打到我这里了。他道了歉，挂了，事情也就这样了。

"但我开始想了,越想越感到这也许就是我一直想找的办法。嫉妒。试图引起嫉妒。耐心没用,忽视对手也没用。如果我就此与他大吵大闹,大发雷霆,我只会更快地失去他。兴许嫉妒可以达到目的,他如果感到另有他人对我钟情,尽管他已不再对我有情了,我也会让他觉得我看上去更漂亮了。男人在这方面真是有趣:其他人不要的,他们也不要,这里面一定是有什么问题;而其他人要的,他们也会要,这里面一定是有什么好东西。男人就像羊群。或者,我想应该说,就像狼群。

"我花了差不多一个星期才鼓起勇气去试试。我一直在想这件事,但我还是没有做任何事。我常常想象他夜里回家发现我在他背后干的事时的脸部表情。先是震惊,然后愤怒,也许他甚至会扇我耳光,也许他会把我臭骂一顿,就像那些男人发现被女人欺骗时那样,骂各种各样的低贱下流话。我希望如此,真的希望如此。无论什么事,无论什么事都比冷漠的态度要好。

"就在他晚上去见她的前一天(我告诉你,我对他们的事非常清楚,就像我清楚自己的生日一样),我出去买了几样东西当必要的道具,我想你也会这么称呼这些东西的。其实,这些东西我一般不买。

"我走进一家香烟店,我问店员最好最贵的雪茄烟是什么牌子。

"'加西亚维加雪茄,'他说,'一盒十二元五角。'

"'我不要一盒,'我说,'就买两支吧。'

"他把雪茄装进一个小袋子,说道:'你丈夫会喜欢这种雪茄的。'

"我的丈夫,我心里在想,不会喜欢的,这是我的愿望。

"我再从那里去了酒品专卖店,买了半品脱的波旁威士忌酒,这是我能买到的最小瓶装酒了。又不是真为了喝酒,没必要花太多的钱。

"为了使他觉得真有个男人来过,当然这男人是虚构的,我再细想了一下还需要什么,可再也想不出什么了。我决心要使这一切尽量显得真实,无所顾忌了。

"我们公寓有个矮个子老人,嗯,我估计他约莫六十岁吧,他从傍晚时分到夜里晚些时候都在电梯值班。其他值班员都是年轻人。我走出去,在大厅打电话叫他。他来了之后,我给他两支雪茄烟,附带一个要求,我敢说他从来没有从一个女租客那里听到过这种要求。

"'抽这两支烟吧,'我说,'但是必须得把烟蒂给我,我要把两个烟蒂都拿回来。别弄得太——呃——太潮湿了,如果你能办到的话。'

"他很善于掩饰自己感受到的任何惊奇。'明天可以吗?'他问我,'我会在六点喝咖啡时抽一支,另一支留在今天夜里到家了——'

"'不,不,不!'我赶紧说,'我必须要把两个烟蒂都拿回来,而且是在五点半前。你得尽量办到。'

"'那可成了老烟鬼了。'他有点犹豫。

"我进房间去,把其余的事都安排妥当。我拿出两个高脚玻璃杯,在每个杯子里倒了大约一英寸的威士忌酒。然后我把两个杯子并排放着,靠得非常近,就放在前房间里齐膝高的点心桌上。接着我用一个大碗装上了冰块,在热水龙头下浇了点热水,这样冰块看起来好像是慢慢地融化了几个小时了。我再把房间里所有的靠垫拿来,分散在酒杯对面沙发上某个特定的位置周围,地上也扔了几个,看上去在那里曾进行过某种淫荡的事。

"我走进卧室,我对床做了精心布置。我先把床垫拉散了,看起来好像是遇到了地震一样。然后我把两个枕头叠在一起,再用手猛击,直到在枕头当中显出一个大大的凹陷来。我再拿出一条粉红色的尼龙内裤,塞在床单下,但又足以让人看得见。我是说,即使床上真的发生过那事也不会显得如此真实了。

"我稍许弄乱了头发,但不过分,因为一个女人要做的第一件事就是整理头发,无论她心里在想什么事。我涂抹了比平时更浓的口红,再用一张克里奈克斯纸巾,故意把口红擦出嘴唇一角,仿佛我被疯狂地吻过了。随后我拿起威士忌酒瓶,就像你使用化妆水那样,这儿洒上一滴,那儿洒上一滴,两只耳朵后面也各自洒上一滴。剩下的酒就喷在地毯上,整个房间都有酒味,就像个酿酒厂似的。

"门铃响了,戴夫送回来两个烟蒂,放在一个空信封上。'我把雪茄烟点燃后一支放在大堂信箱上,'他说,'另一支放在十四楼的灭火器上,每当电梯里没人时,我就走出来吸上几口。但我感到有点恶心了。我从来没有这么同时吸两支烟的。'

"我给了他一点小费酬谢,拿回了烟蒂。我把一只烟蒂戳立在两个威士忌酒杯旁的烟灰缸里。我拿起另一个烟蒂走进卧室,放在床边的烟灰缸里。靠床近点就是为了显得是从床上扔进烟灰缸的。

"然后,我坐下来等待。等他回家,等他吃醋。他就会又对我感兴趣了。

"我费心安排好这一切,如果他根本不回家,那也是我的运气不好。他晚上去见她时常常不回家,直接在工作下班后去接她吃饭或做其他的事,路上来个电话,就扔给我一句简单的回话'今晚在城里过夜。以后再回家'。如果他愿意的话,这些消息本来不必那么冷冰冰的——他甚至连'我'和'你'都不用了。而且从来不解释理由。我还不值得他撒个谎呢!

"但我至少在这一件小事上交了好运,如果没其他事的话。一辆出租车停在门前,我看到他出来,走进了大楼。

"我站了起来,得到了提示,要升起大幕——好戏开场了。

"他用钥匙插进门锁,打开了门,我有点受惊似的吸了口气,

似乎大吃一惊。'噢！'我说，'没想到你这么快就回来了。'

"'那你期望我什么时候回来呀？'他说道，一派毫无表情、漠不关心的态度。

"我看他就像对我一样，对房间正眼都不看一下，如果我不点拨一下的话，他肯定看不出我整个的布置。

"我张圆了嘴巴，猛吸了一口气，手掌一下子捂住了嘴，瞥了一眼雪茄烟蒂，然后迅速收回眼光，装着很慌乱的样子。我觉得我装得很像。这可不是那种轻松的多人共玩游戏，大家或多或少都同时进行的。

"他注意到了我眼睛看的方向，也看了过去，终于看到了幽会留下的痕迹。

"我告诉你的都是真实发生的，详详细细，毫无遗漏。如果我有点半点虚荣的话，我会说点谎话，修饰夸张一番。但我当时没这么做，现在也不会，不会在他关注的地方这么做。

"他咧嘴对我笑笑，甚至没有嘲讽意味，也没有恶意，根本没这种意味。他笑得和蔼可亲，几乎就像是他撞见了某个男人的尴尬时刻的那种笑容。

"'你的新朋友是谁啊？'他问我，然后他开始边解领带，边走进卧室，一分钟都没耽搁。

"我听到他在那里大叫一声'哇！'接着一阵大笑。

"'很高兴你很快活，'他对我叫道，'因为我也很快活。这样

我们都很快活，我们四个人．'

"他说着就开始冲洗，快速地刮了胡子，这样他可以又直接回到她身边去了。

"我就站在那里，一步都挪不动，委顿了，深感惭愧。刚才我做戏时脸上的点点红晕也许有所帮助，而现在是满脸通红，可根本不需要了。我能感受到脸上火辣辣的。

"他再次走进卧室，换上新衬衣和领带时，开始吹起了口哨。那倒不是虚张声势，也不是嘲笑我，不是嘲讽。那是他自然而为。我可以说，我可以说我是根据他吹出的声音这么认为的。他很可能自己也没意识到，他已经忘了他看到的一切，那对他毫无意义，根本不存在。

"他在为自己的幸福感吹口哨呢。

"他一抖肩膀穿上夹克衫，吹着轻快的调子，迈着轻松的步子走向房门，没对我说一句话，没看我一眼，没有在乎什么。他出了门就随手关上了门。

"我一下子懵了，一点一点，情绪越来越低落，就像是残春里败落的花一般。

"我当不好一个忠顺的妻子，也当不像一个不忠的妻子。"

她一下子摊开两臂，声调悲怆。"我究竟有什么用？"

"他再次回来已是非常晚了。他上床躺到我身旁。我把脸埋在枕头里。马上，他"啪"的一下开了床边灯，我估计是看几点了。

那只冷冷的雪茄烟蒂仍在烟灰缸里,我放的地方。

"他一下子又关了灯,但在黑暗中我听到他喉咙深处轻轻地发出了偷笑。"

"我能说出他什么时候和她在一起。一个妻子永远可以做到。细小的迹象,泄密的细小迹象会出卖一个男人,如果你知道该寻找什么迹象的话。疲倦,懒惰,筋疲力尽,耗尽活力;像根木头似的躺在我身旁,甚至不知道我的存在;表情憔悴,脸颊凹陷,太阳穴凹陷,但在二十四小时之内就消失了,而在四十八小时内又出现了;两眼有黑圈,我知道那不是因我造成的。"

她微笑着回想。但那是一种悲伤的微笑,因为回忆起了一桩悲伤的往事。

"说这些有什么用呢?那样就能阻止事情的发生吗?阻止那事吗?但我知道,我知道。噢,我太知道了。他倒不妨带几张照片给我看看。

"起初漫不经心,事出偶然,就像任何恋爱开始时那样。然后就进入一个常规,几乎就像结了婚的夫妇一样。一周三次约会,从来不脱班。他俩成了真夫妇,而我倒成了局外人了,徒有夫妻的虚名。"

"你丈夫和另一个女人睡在一起了。"她问马德琳,"为什么此事那么重要？我当时想知道，现在还是想知道。假如他在遇到你之前和其他女人睡过，并且你也知道了，那不会困扰你了。而现在不同，我觉得她把现在属于你的东西拿走了，你的东西。之前，他不属于任何人，伤害不了任何人，而现在你被打劫的不仅仅是有形的东西，还有在那些时机，而不是其他时机，说过的那些亲密体贴的话。现在她接收了所有，这些不再是你的了，在那些时机一起做的各种计划，吐露的内心想法，叫出来的爱的昵称，说出来的爱的话语，所有这些都归她了，不再是你的了。

"你们一起站在那里，但是有一扇门已经在你们中间关上了。他在一边，你在另一边，你走不过去。不论你用什么钥匙，不论你如何用手捶门，各种锤子，各种斧头，都打不开或者砸不开这扇门了。

"那你怎么办？我来告诉你该怎么办。你就心怀此事生活吧，心怀此事才能尽量生活得好，不少人自我放弃了，虽然不是大多数人都是如此。那是对过于敏感的年轻姑娘而言，她们才开始了生活这个游戏，没有内在的智谋来支持。

"然后，某一天他为此事来找你。是他来找你，而不是你去找他。

"一天他来找你了。更确切地说是一天夜里。你躺在那里醒着，灯关了。你总是关了灯，躺在那里醒着。他躺在那里，在想心事。你躺在那里，也在想心事。但是这两股思绪不再像过去那样和谐交融了。

"他轻声问:'德尔,你睡着了吗?'

"你同样轻声说:'我醒着,维克。'

"'我想和你谈谈。'

"你的心开始像手表上的秒针,'滴答滴答'地走了起来。这就是了,最后来了,终于来了,就在这里了。

"'这事情,'他说,'我不知道该从哪里说起。'

"你对此说了什么呢?你什么都没说,就躺在那里,半是让他自己想想该怎么说,半是希望他会就此把整个事情都忘了。

"可他没忘。

"他说:'德尔,我们一起有过美妙的时刻,是吧?'

"你没回答。这可不是那种需要回答的问题。

"'但有些事起了变化,'他接着说道,'我不知道该怎么解释。我不是说那是你的错。那不是你的错。如果说是什么人的错,那就是我的错。可我不知道这种事情发生时其他人会不会犯错,我觉得人们没有多少选择。我觉得既然事情发生了,人们只能随着事情一起走下去。'

"直说吧,你真想叫一声。别谈廉价品小店似的哲学宏论了,直说吧。但是你只是躺在那里,等他说下去。

"'德尔,我不能在这里再住下去了。'

"'为什么?'

"'因为我们曾有过感情,'他说,'而现在已经没有了。'

"'可我不是这样的,'你说,同时暗恨自己这么说,暗恨自己觉得有必要这么说,'就我来说依然还在。'

"'德尔,我要搬出去了。'

"'什么时候?'

"'现在,如果你希望的话。'

"'疯了,'你说,'现在是半夜里,你不想现在就走吧?'

"'嗯,如果你肯定你不介意的话——'

"'当然不介意。'

"'那么早晨就走。'

"于是他脱下衣服上了床。他躺在床的一侧,你在另一侧,你想马上入睡,但你当然做不到。你希望一直躺在床上你的那一侧,但你也做不到。

"于是,你蜷曲着身子转向了他。他也睡不着,你知道该怎么做,如何触摸他,你于是得到了你期待的反应。他开始不情愿。好像他和你做爱是欺骗了她。但你清楚你在干什么,他克制不住了。

"在做爱时,你所能想到的是这是最后一次了,最后一次了。

"完事后,他睡着了。你想睡,但睡不着,过了一会儿,你就放弃努力了。你起来,在房间里走动,然后你回来,坐在床边,可心里却像陀螺一样旋转翻滚。"

"他醒了。我仍然坐在那里,眼看着窗外,在另一个房间。他下了床，走进浴室，开水淋浴。我当时想，这很可能是我最后一次听到他淋浴了。像往常一样，他拍拍胸脯，喷喷鼻息，把水从鼻子里清除出去。

"我当时在想，这个时候了竟然还这么想，真是太奇怪了，是不是？也许在这个时候这么想也是对的。

"他穿上了衣服，走到卧室门口站了一会儿，朝里看看我，然后他收拾东西，同时大致打量了一下领带两端的长短。

"'今晚我不回来了，'他说，'我不会再回来了。我会让人来拿我东西，在白天某个时候吧。'接着他又加了一句，好像在征求我的许可似的，'好吗？'

"'好吧。'我说。我依然坐在那里。

"他说：'你一点活力都没有了。'

"我没精打采地说：'你也会这样的。'

"他最终收拾停当了，走出来，准备出门了。

"我说：'你肯定你想这么结束吗，维克？'

"'好啦。'他责备似的说。

"那可是我听到的最奇怪的分手话。

"他说：'给你钱怎样？你最好现在告诉我个数目。'

"'那不是我想要的，'我说，'我自己可以挣钱。那是个最容易不过的事了。'

"他走了出去，随手关上了身后的房门。

"我依然坐在那里。

"他出了大楼,走下门道,走到街上,转身抬眼向上看看我的窗户。他看到我正朝下看着他。

"他脱下帽子,向上挥了挥,算是对我的告别致意。然后他钻进门卫替他召来的一辆出租车。出租车开走了,我的婚姻也完结了。

"过去我从不知道,让你自己的丈夫堂而皇之地那样对你挥挥帽子一走了之,是一种怎样的侮辱,它带给我多大的伤害,多深的刺激。

"我药柜里有一瓶安眠药。我拿了出来,再倒了杯水,我坐了下来,一片药一口水,直到药片吃完水喝光。这水的味道有点奇特,因为我不习惯直接喝水。

"我刚吃完药片就猛然恢复了理智。我对自己大叫,我这么做是为了什么?他已经很舒适了,为什么我还要让他更舒适呢?我要活下去!我要活下去,这样我可以报复他,找他算账,让他彻底不得安宁!我抓起电话,对着话筒大叫:'犹大啊,约瑟夫啊,圣母玛利亚啊!谁给我送个洗胃器来,快!看在上帝的分上!'"

"一天,我在街上遇到了他。事先没约定,纯属偶然。在一个有纽约那么大的城市里,这种情况发生在两个人身上的概率大概是十年一次。

"他看着我，认出了我。他当然认识我，为什么不呢？我看到他无意停下来，所以我就停下来，或多或少地逼迫他不情愿地停下了脚步。

"他看起来不错，很快乐，可这并不能使我感觉不错，感觉快乐。

"他说：'哟，是你？'

"我说：'哟，是你？'

"然后他说：'哦？'

"我说：'哦？'

"到那时为止，倒还真没几句对话可言。但这里面却包含了千言万语。希望啦，冷漠啦，嘲讽啦，还有恳求啦，反正很多。

"最后他说：'就这样站着没意思。我们之间也没什么好说的。'

"我说：'如果你认为我会不吵不闹就这么放弃你了，你最好再想想清楚。'

"'你已经放手了，'他说，'已经结束了，完结了。你没什么可做的了。'然后他开始走开了。

"'真没了吗？'我在他背后叫道，'真没了吗？瞧着吧。走着瞧。'但他甚至连头也没有回一下。

"那就使事情变得尖锐化了。那次街头上他竟然不理我，那就是事情的开头。爱在那时结束了。从那时起，再也没有什么爱了，只有恨。仇恨和计划如何伤害他。

"我着手策划，稳步进行。我一边唱歌挣钱吃饭，一边策划。

其他男人向我示爱，我还是在继续策划。我上午在想此事，下午在想此事，晚上还是在想此事。

"最后，我想出了一个办法去陷害他，把一件不是他干的事归罪到他的头上。细节现在不重要了。但我需要一个帮手，所以我找到我的一个朋友，他仍然和旧日的朋友有联系，尽管他早已改邪归正了，大多数聪明人都是这样的。

"我感到惊讶的是，他竟然不想参与，而且他还说服我，劝我放弃这个计划。'这类事情总会出差错的，'他说，'它们绝不是万全之策。你会成为唯一的受害者，德尔，而不是他。让他走吧，别再想办法让他回心转意了。他已经做了了断了，就这样算了，别再理他了。'

"那是男人的看法，不是女人的看法。我也太了解他的个人动机了，他爱上我了。维克曾和他有过太多的竞争，我嫁给维克后，他只好退居次要位置。难怪他更喜欢这么劝我，于是维克就安然无恙地退出了。

"哦，我放弃了那个不太现实的计划，但我一分钟也没有放弃策划。如果他认为我已经不再策划了，那他根本就不了解我。

"既然我伤不了他本人，我推断也许能通过她来伤害他。事实上，我越想就越喜欢这个想法。我觉得这个方法更好。假如对他干了什么事，他仍然还有她爱着他。假如对她干些什么，他就没人爱他了。那倒是两种方法中更好的一种。

"她多少有点宗教信仰，我有的是办法弄清楚事情。我了解到她总是去参加星期天上午的早班弥撒，早上七点钟的弥撒。他从来不去，而在一周里，她只在那一天自己去。她总是去同一个街坊小教堂，要去那里，她得穿过一条偏僻的小巷。星期天的清早，那条小巷可是死气沉沉的，没一点人声。那里有一个在建的新住宅区，那里的旧楼都搬空了，用板条围了起来。我亲自去看过了，你知道他们怎么做的，在窗玻璃上用白漆涂上'X'做标记。在新楼建得足够高时就用长长的厚板脚手架围住，保护小巷行人。他们总是这样搭起脚手架，预防有什么东西掉下来。所以在这下面行走就像是在钻一条长长的隧道，光线太暗，两旁被围住了。星期天早晨四周没什么工人。如果有人在狭窄通道的中途拦住她，那么她既不能向前走，也无法后退，就会被困在那里。

"然后我找到了许多下等酒吧或夜总会的地址，那里据说是犯罪前科者和小流氓之流经常去的场所。几乎连续有一个星期，我在每个夜晚演出结束后，不是回城里，而是脱下缀着各种闪光饰件的服装，换上一件黑色的便装衣裙，这样我不会引人注目，我还戴上一副墨镜。

"随后，我会去一个这样的场所，在那里闲荡逗留。哎呀，那里有许多人来献殷勤勾搭，但是当他们发觉我不是卖淫女，他们就放弃了。

"终于，我搭上了我想找的某种关系。嗯，这事得慢慢来。我得小心谨慎。他也得小心谨慎。我得逐步了解他，他也得逐步了解我。但在见过三次后我们就准备谈正题了。同时，我已经仔细地核查了他一番，知道他住哪里，了解他的过去经历，实际上我对他的了解比他知道我能了解他的还要多，所以，他根本不可能骗我。

"一旦我们彼此了解了，其余的事就能迅速进行了。只剩下价钱的问题了。

"'我是为一个朋友这么做的。'我告诉他。

"'是啊，'他说，'我也是。'

"'我有个朋友，如果她认识哪个人能够替她好好教训一下一个小荡妇的话，她肯出大价钱。那个小荡妇每个星期天早上六点半会在某个地方经过。'

"'大价钱？'他问，'多大的价钱？'

"'唔，比如说五百吧。'

"'那算不上大价钱，'他说，'那只是四分之一的价钱而已。'

"'我得去告诉她。'我说。

"'教训一下？'他说，'怎么个教训法？'

"'唔，这个荡妇的麻烦在于她太漂亮了。嗯，揍她一拳，或者打她一棍，都改变不了什么，她养好了伤又会重来了。应该是那种能慢慢地折磨她的法子，然后让她永远变成这个样子。'

"'酸。'他会意地动了动嘴唇。

"'你朋友来准备,还是我朋友来准备啊?'

"'我朋友能找到合适的东西。他知道在哪里有。没问题。'

"'我去打个电话,问问"大价钱"。'

"我去了一个电话亭,数数身上带的钱,再次回到他面前。

"'她说先给你一千元,'我告诉他,'圣灵的恩赐将在星期天举行。星期一你可以在这里,这张桌子上拿到另外的五百。'

"'我得核实一下,'他说。他甚至不想装作打电话了。他直接走进男厕所,待了一会儿,出来了,把一个梳子放进口袋里,说,'星期一给另外的一千元,事情都在准备中了。'唔,又要打了个电话了(我想),如果有人想要技术上确定一下的话。

"'准备吧。'我说。我当时就悄悄地给了他第一笔一千元。

"'这是什么?'他问我,然后去读我放在最上面的一张字条。

"'这是你"朋友"的真实姓名和目前住址,'我告诉他,'我知道他可以在星期天之前很容易地换个住址,但有关他的信息能同样容易地跟随他去新地址。他过去已经在牢里待过了。这对他不利。'

"他久久地看着我。既不发火也不害怕,就是敬佩我,可能吧。

"然后他稍许咧嘴笑笑,'精明。'他说。

"我同意他的说法。'是的,她非常精明。'

"事情原本可以圆满结束,轻而易举,只是我开始庆幸得早了点,费劲了点。星期六表演一结束我就回家了,开始喝酒。我的朋友,我提到过的那位,也在,一起喝。我每次举杯都说这类的话,比如'为我认识的某个人明晚此时不再让我认识的另一个人觉得漂亮干杯。'我还开始唱歌,'一天能发生多大的变化啊,短短的24小时'——翻来覆去地这么唱。

"我最后记得的是他走进来用我的电话,并且关上了门。但我什么都没去想,他就是那种人,在凌晨三四点会打电话,就好像是在中午十二点一样。

"当我醒来时,已经是下午的早些时候了。他还在。我们过了个长长的周末。我打了个呵欠,舒适地伸伸懒腰说:'怎么样?现在事情办完了吧。我想知道她喜欢今天破了相的新脸孔吗?尤其是,他会喜欢吗?我敢打赌,他看到了一定会脸色发青,恶心欲吐。'

"'她不会破相换成新脸孔了,'他告诉我,'她还是昨天或前天的那张脸,她还会继续是这张脸。'

"我猛然坐直了身子,完全清醒了。'你知道什么了?'我尖锐地问他,'你怎么得到消息的?'

"他端着一杯番茄汁,轻轻晃动着手,以便搅动番茄汁。'我派了几个认识的小家伙今天一大早就到那里,五点半,六点吧,找到他了,他在那里等她呢。他们就照我吩咐,把他带到城外很远的地方,狠狠揍了他一顿,告诉他如果再看到他露面的话,就要做掉他了。'

"'我可花了整整一千元哪!'我大声诉苦,两手捂着眼睛。

"'这是你的一千元。'他说,从口袋里掏出来给我,还是我本来给他时装的信封。钱还在他身上,很明显,他不相信存银行或者藏床垫下。

"'下一次如果你还愿意出这么多钱的话,'他加了一句,'为什么你不把钱投到更有益的地方呢?'"

"然后你就放弃了?"马德琳追问了一句。

"你不了解我,"德尔意味深长地说,"你一点也不了解我。"

天哪,我可不想让她对我厌恶!马德琳心想。

"第二次,我转换了一下。就像起先我曾经从他身上转换到她一样,所以我现在放弃了人身伤害的方式。我觉得那没用。我转换成人品诋毁。

"我找了个私人侦探。我是从一本声名狼藉的杂志背后的精美广告里找到他的。你知道那种事的。'你怀疑你伴侣的忠诚吗?就打个电话吧。严格保密。'

"此人可真出色。他没有自己的道德观。如果他只有身上是干净的,我也不会介意。他一星期没换衬衣,一个月不换袜子。就是关了灯,你也能知道他在房间的哪个位置。但我总是说,找个肮脏的人干肮脏的事。首先,一个体面正经的人不愿经办这种事情的。注意,这可不是去拯救一个婚姻,保护它免于第三者的入侵。我付钱给他是让他去刻意破坏一个完美的婚姻,不是我的婚姻而是其他人的婚姻。那就是我雇他的目的。

"我对他摊明了说。我的拳头看起来就像一颗卷心菜那样,一把绿色纸币正从各个手指缝里钻出来了。难怪纸币有个绰号——卷心菜。

"我把她出生的那个肮脏的工业小城告诉了他。我说:'我要你去那里,待在那里,直到你挖掘出有关她的什么事,这些事足以让她变得和那座小城镇一样脏兮兮的。如果你能挖到些大事,最好不过。如果你只能挖到点小事,没关系,我们将把这些小事夸大,变成大事。要不遗余力地去干——'"

就像我做的那样,马德琳顺带着心里这么想到,只是颠倒了一下。我是出于善意,而她是出于恶意。

"费用算我的,我告诉他。整个事的费用都算我的。我会付钱。如果他在那里待上半年的话,我不在乎。如果他虚报点开支账单,我也不在乎,我会支付。如果他房间里每晚有个娼妇,发生点类似卡斯泰尔斯案件的事,我也不在乎,我会支付。那是值得的,只要他能找出点有关她的丑事就行,我过去享受花钱的乐趣还及不上这次的一半呢。四周打听一下,找出她一起上学时的那些伙伴。找找医生,或许她曾有过一次流产,或许她家族里有过梅毒感染。在过去,这可是大问题。或者,有没有精神失常、犯罪记录等。查查她的出生证明,他们一定存档了的,那些档案会告诉他些什么。

"给她找出点事。我不在乎什么事,但必须给她找出点什么事。"

即使她在讲往事,她的嗓音却很可怕,马德琳过去从未听到过。

那不是嗓音了,简直就是仇恨的化身。

她又平静地说话了。"他去了大约三个月后,一天夜里给我打了个长途电话。当然,接听方付费。当我听到他告诉我的事,我乐坏了。我从未期望过有这等千万年一遇的事。我本来期望的是找到一小块烂泥,我可以向她扔去,污蔑她。想不到,他竟然挖出了一整个柏油坑。我兴奋得在床上滚来滚去,拿着电话听筒贴在耳朵上。当电话线扯紧不够长了,我再滚回来,电话线又松开了。

"那事就像在他们两人中间扔的一颗炸弹,把他俩炸得四分五裂,远远分开,再也没法聚集回来了,这一辈子也不可能了。我打赌如果他俩中的一人一旦见到了另一个,都会拼命逃跑,但他们又逃不快。"

"怎么回事?"马德琳问,"是什么事?"

德尔垂下眼帘,一副自我满足但又狡猾的神色。"我只能说这么多了,"她毫无通融地说,"再多的话,在这个屋子里也不谈了。"

惊魂涉嫌幸脱身

一天，马德琳在的时候电话铃响了。德尔站起身来，走进里屋去接电话了。就在过了门道的地方，马德琳正在钢琴上继续敲击出单个音符，然后在乐谱上记下来。

在德尔说了几句亲密但模糊不清的话，马德琳听到她说："一个朋友。"

随即，她加了句："当然是个女孩。你以为我在干什么，背着你招待男人？这样的话，我就没法长久下去了。"

然后，她接着说道："你什么意思，你怎么知道的？"随即她决断地说，"因为我这么说的，足够了吗？"蓦然，她叫唤起来，

"马德,来一下。"马德琳起身走了进去。德尔把电话话筒朝她一塞,但没放手。"对它说声'哈罗'。"她吩咐。

"哈罗?"马德琳疑惑不定地说。

德尔立刻把话筒拿开,这样马德琳就没机会听到话筒里的回答了。马德琳回到了钢琴旁。"满意了吗?"德尔说道,"你该确信了吧。"

过了一会儿,她回到马德琳身旁,朝肩膀上方恨恨地用拇指戳戳。"这小子!"她发怒了,"他尽给找我麻烦。都已经这样了,我真害怕再和他一起走到大街上,担心我的经纪人经过,向我脱帽打招呼;或者夜总会经理走过,对我说'哈罗';或者碰到某个十年前和我在同一处工作过的熟人,对我点点头。这都有可能发生的,那么晚上其余的时间我都要忙着解释,澄清自己。然后我做了这一切他还会不相信我,无论如何都是这样。"她举起一只手摸摸脸颊一侧,仿佛那里受了点伤痛,这里那里地走了几小步,"我得变成四个人才行,分两班轮流进行,这样才能应付所有他认为我会对他的欺骗了。"

马德琳一脸肃默地看着她,听她滔滔不绝地说下去。她没问他是指谁,德尔也没说。她非常清楚,如果德尔不想说的话,问了也没用,这就是她不问的主要理由之一。

自那以后过了几个星期,那次她正要掏出德尔给她的公寓外门钥匙时,她停下手了,觉得自己听到了里面什么地方有人声。她把脑袋凑近门,但那个声音没有了。出于某种谨慎的本能,她放回了钥匙,按了门铃。她不想让可能在场的第三人知道她也有这个公寓房间的钥匙,虽然她也说不出为什么要这么做。说到底,这只是德尔和她两人的事,与任何人无关。

德尔的声音从门内响起,问是谁。她的声音听起来小心谨慎,仿佛担心会是什么回答。

"马德。"马德琳说。

门立刻打开了。紧张的神色刚从德尔脸上消失,代之以宽慰的神色。然而,她放低了声音,仿佛密谋什么。"现在我不能让你进来。我这里有要事。明白吗?"

"噢,没问题。好,我明天来吧。"

"对。"

突然,一个男人的声音传了出来:"你在外面和谁说话?"

"一个朋友。"德尔回答,头也不回。

德尔的手放在门边,这时一只更大的手在她的手上方抓住了门边,把门拉开了一点。然后,一个男人的脸冒出来,直愣愣地看着马德琳,稍许靠近德尔的脑袋这边,但是约莫高出了一英尺。

有时,就算你见过一张脸十几次了,以后还会忘记;可有时,你才见过一张脸一次,以后在沉思中却会不断地回想起,直至你生命的结束。现在,从门旁冒出的这张脸向外看着她,就像是一个没有眼睛的面具，代表着剧院里喜剧和悲剧的两个面具中的一个，从那时起就牢牢地钉在她记忆的屏幕上了。

那张脸一度英俊，现在昔日的英俊已消失殆尽，但透过多年的沉淀和经历，其脸部结构仍可显现出来。一头地中海沿岸高加索人的黑色头发，富有光泽，一双地中海沿岸高加索人的黑色眼睛，很有神采。下巴上有一道凹陷，多年刮胡须似乎打磨出了这种略带蓝色，大理石般肤色的凹陷。

但那双眼睛没有表现出认识马德琳这个人。她只是个女人而已，不是情敌，更不是第三者。那双眼睛倒不在乎她是丑是美，是高是矮，是胖是瘦。那只是一双嫉妒之眼，占有欲之眼。

那张脸没对她俩说一个字就退出了。但其无言是阴沉的，而非宁静的。

过了一会儿，从房间里传出了他咆哮般的命令的声音。"好啦，回来吧，每当你进行交流蛋糕秘方之类的事，你总会在那里磨磨蹭蹭。"

德尔有点烦恼地低声说道："别在这样的下午来了。别来。今天是第一次。"随即，她又急速地加了一句，"哦，我最好回去了，好叫他不再责怪我。"

马德琳离开了。总觉得此事在什么地方会有潜在的危险，她心想。

她获得的信息零零碎碎，但她仍在收集。

"这个手镯可真漂亮。"

"安吉送我的。"

德尔已经被毒品麻醉了，如果不是肘部撑在梳妆台上，倚靠着来稳定身体，她根本无法动手固定什么东西。

"是那位经纪人？"

"不，是经纪人手下的沃尔特。过来，帮我一下。"

另一次，在听电话时，她说："哈罗，杰克。"

她回来后对马德琳狡黠地傻笑一下，竖起拇指朝肩后指指，嘲讽说："是安吉，来查我了。他没什么话可说，就是想看看会不会抓住我什么事。"

"可我刚才听你叫他杰克。"

"那是他的名字。"德尔正忙于拿冰块放进杯子里，没注意要守口如瓶，"过去在同一个地方工作时，他们叫他'小安吉'。"

"呃，所以你有时叫他安吉。他喜欢你这么叫他吗？"

"为什么不呢，那就是他的姓。"德尔尝了尝新饮料。确切地说，她在杯子里留下了要尝试的新样品，只喝掉了饮料，"杰克·德·安吉洛。"

现在，马德琳知道了他们中的一个了。

在另一次这类的日间场合，她获得了德尔更多的"信任"。也就是说，在她的财务问题上的信任。

"德尔,我一直在想。我有一小笔钱闲着。不像你卖掉几件珠宝饰品挣得那么多。可我不喜欢放在储蓄银行里。你只能得到三又四分之三的利息。你给我点建议吧,把钱投到你给我谈起过的那些股票里的哪几只?"

"宝贝。"德尔手掌一挥阻止了她,"你可别去碰股票,除非你有大把大把的钱支撑你。现在股票都是天价了。"

马德琳有点郁闷地垂下脑袋,仿佛是看到她获得经济独立的期待毫无指望了。"但股票价格都高涨了吗?就没有稍微低一点的股票了吗?"

德尔表现出朋友对朋友的热情洋溢,但也有点炫耀的意味。此外,这不涉及爱情,所以没什么危险。

"等一下,"她慷慨地说,"我给沃尔特打个电话问问。我会让他以为是我自己想了解的。"

这幢大楼的楼下有个总机,所以她不能直接拨号。

马德琳仔细听着。

"C74200。"

然后,"请接席勒先生。"

现在她又获得了另一个人的名字信息。

她回到自己的住处,打电话要求接"C74200。"

一个声音回答道:"沃伦·席勒、戴维斯和诺顿事务所,下午好。"

她挂了电话,在电话号码簿上核查了一下,便获得了他的办公地址。

她坐下来写了一封信。一封告密信。

为何写给他,而不是写给另一个人?另一个人原本似乎更有可能,可实际上真的是他吗?可能,她的心理状态彻底变了,而不是她看待这问题的方式。

他的嫉妒已到了精神错乱的地步。没错。他曾一度依靠暴力生存——或者至少是非法手段。没错。他已经走出了地下世界的丛林,那里惩罚性死亡是家常便饭。没错。

但把所有这一切都考虑在内时,那就是她逆反心理渗入其中之时。出于这些理由,他是两个人中不太可能的人。他没有什么影响,至少在那些体面的地方是如此,所以无法把此事完成。他有着令人讨厌的过去,有对他的各种攻击。他不敢越线危害其来之不易的合法身份。

而那个经纪人却是安稳的,受人尊敬的,其背景无懈可击,很可能还有各种强大的影响支撑他身处社会高层,由于持有这种豁免权,在两个人中,他倒会更容易采取他觉得合适的任何措施去对付这种对他的自我和爱情生活的背叛行径。

马德琳也大致相信,理论上的东西未必行得通。

所以,她写信给他。

第一张信纸:"尊敬的席勒先生:此信并非匿名诽谤——"可就是匿名诽谤。还能是什么呢?

第二张信纸："尊敬的席勒先生：我认为，作为朋友，你应该得知——"可他们不是朋友。

第三张信纸："尊敬的席勒先生：我不喜欢看到谁在背后被别人出卖——"纯粹的虚假话。她正在干的事比德尔在干的事更卑鄙。

最后一张信纸："尊敬的席勒先生：某些女孩连一个男人都没有。而另一些女孩，比如德尔·尼尔森，却同时和两个男人交往。这好像不公平，是吗？"

她下楼来到大堂里的邮票自动出售机旁，塞进了一枚硬币，得到一张邮票。她把信封贴上邮票，塞进了投信口，她甚至还用手掌根在投信口四周拍打几下，确保信件已经掉入邮筒里了。

报复行动在进行之中了。

从那时起，事情开始快速发展了。

德尔给她打电话，她的嗓音完全显示了紧张情绪。那是第二天下午五点左右。

"我遇到麻烦事了！"她说的时候气喘吁吁，好像是在楼梯上奔上奔下好几次了。

"出什么事了？"马德琳问，有点吃惊但又不太惊奇。她没指望事情会这么快开始，仅此而已。

"我不知道。但我不喜欢他说话的样子。我猜我让他们两人相争,而我得利,这样拖得太久了,就是从你来的那时候起。你得帮帮我。"

"我?我能帮你干点什么呢?"

"你得为我干预一下此事。"

"什么意思?"

"你过来,站我身旁。我不知道他会干什么。他也许会来狠狠地揍我一顿,毫不留情。"

"等一下,"马德琳立刻打断了她的话,"这是你的生活,我无法一见到什么信号就鲁莽地冲进去。你什么都一直保密着,现在你需要有人帮忙了,忽然就像打开一本书一样,翻到做了记号的某一页,特意留给我看。哦,不,谢谢了。"

她忍不住又把话题一转:"到底是他们中哪一个?"

"沃尔特。沃尔特打电话给我,他对什么事大发脾气,我过去从没见他发那么大的火。我每次都抚慰他,对他说好话,他就会回到我身边说:'你对几个男人说过这番话啦?'"

"嗯,你有自己的权利。你为什么不借这个机会终止和他来往,摆脱他呢?"

"我害怕这么做。我不想完全失去他。有时他们都不来我这里。曾有段时间怒气冲冲、难以接近,也曾有段时间亲密无间。"

"那么,夜总会呢?你不能去那里躲避他一下吗?"

"今天是星期一,星期一我们没有表演。"

"噢，我忘了。"

"他也知道。"

"哦，兴许事情还不会那么糟糕。"马德琳试图安慰她。

她为可以预见到的痛苦而发出一声悲叹："将会有太多的糟糕事了。他是那类表面不动声色的家伙，我了解他。"

"太吃惊了，"马德琳空泛地说，"不会最终发生的吧，很久以来都没发生过吧，你可是一直在玩谈判啊。"

"说教不是我现在需要的，"德尔告诉她，"我需要有人和我在一起，我需要有人站我身旁。"

"为什么不报警呢，如果你那么害怕他。"马德琳的话音里有点近乎鄙视了。

"如果你到了我们这种关系的地步，你就不会报警了。如果他发现我找来一个女友，他就会轻易地原谅了。但如果他发现我报警了，他永远不会原谅。你还不了解这里面的状况呢，亲爱的。"

不，马德琳有点忧郁地想，我觉得我从来没有像你这样频频失败过。

是她触发了整个事情，此事正在发酵成预计的那样，快变成一团完美的混乱了，而现在有人要她再次蹚这浑水，提供庇护，让那个可能成为受害者的人躲避起来。

"你一定要来！一定要来！你是我在这个世界上的唯一朋友！想想我为你所做的一切吧！我的门永远对你敞开，免费饮料！钢琴！你可以随意！"

哼，去你的钢琴吧！马德琳又想道。这也是她从此人那里学来的表达，现在还给她。

"我甚至还从他那里获取市场内幕消息给你。当我需要你的时候，你还愿意现在回到我身边吗？"

"好——好吧，"马德琳不太情愿地慢吞吞回道，"我来告诉你我会怎么办。大约过一小时，我会给你电话。如果他对你粗鲁，你觉得难以应付，我会赶紧过去给你道义上的支持。如果一切都没有失控，那你不需要找我了。这样好吗？"

她心想：即使我帮她今夜摆脱麻烦，麻烦还会在其他夜里找上她，反正怀疑的种子已经撒下去了，第二次我就不会到场去帮她了。

德尔几乎是嘶叫着她的感激："谢谢啦，宝贝！噢，谢谢！我知道可以指望你的，我知道你不会看着我倒霉的，将来有一天我也会这样帮你的。"

谁要你帮忙？马德琳鄙夷地心想，我可不会同时玩弄一大帮男人的。

"还有更好的事。你还记得你喜欢的那件石貂夹克，就是安吉给我的那件。给你了，我现在就送给你。"

马德琳从喉咙里发出的声音，听上去像是表达感激，其实是在嘲笑。

"好吧，我会快点洗澡，打扮好。过一小时给我电话。哦，就在过一刻的时候吧,那样我会有更多的时间准备。"

"别太盛装打扮了,"马德琳直截了当地警告她,"重要的是保持你的脑袋清醒,明白你在干什么。"

"明白了。"德尔顺从地说。才过了两个月,马德琳就已经占了上风。而且这纯粹是出于她个性的影响所致。她实际上并没有尝试任何方式去控制德尔,无论是主动的还是被动的方式。

六点到了,现在是我答应给她电话的时间,马德琳想着,但我现在不打。

六点半到了,她还是没打电话。为什么不能听之任之呢?让她自食其果,得个教训吧。

六点三刻,她最终让步了,拿起电话。"E81800。"然后,等该楼下的总机回答时说,"请接18-A。"

总机回复了:"没人接电话。"

七点钟,重复同样的程序。"E81800……请接18-A。"

"没人接电话。"

七点十五分,第三次打。"没人接电话。"

她稍作犹豫后,下楼了,来到大街上,跳上一辆出租车,去那里亲眼看看事情有了什么转机。

德尔那里的门卫正忙着引导两位身穿燕尾服的人上出租车,一个身穿阔尾羊皮燕尾服,另一个身穿貂皮燕尾服。他后背对着马德琳,所以她就毫无阻拦地进入了大楼。在自助电梯里敲击了18

楼的按钮,电梯门带着轻微柔和的颤动声滑动关上了,她上升了。

她走出电梯后按门铃,无人应答开门。

马德琳再次猛按门铃,有点恼怒了,动作猛烈。仍然无人开门。德尔先是用泪水打动我对我求助,马德琳忿怒地心想,现在她沉默不语,不再理睬我了。很可能他们已经和好了,他带她出去吃饭了。

马德琳掏出德尔给她的钥匙,打开了房门。她猜想也许德尔会在钢琴上留下一张字条,做个解释,就像她们在过去作曲时经常做的那样。

"德尔?"她大声叫道。

没回应。屋里没人,也没有字条,钢琴上和其他地方都没有。

德尔喝过一杯加冰块黑麦,也许是五杯或者十杯,时间是在她起床后到离开之间某个不确定的节点。只用过一个杯子。她一个人喝饮料时从不换杯子,为什么呢?她自己的口腔细菌不会感染她,但这似乎证明他没有出现过。

钢琴上有一页歌纸,很可能是德尔离开前最后看过的东西了。出于某种难以理解的原因,直到马德琳生命终结,只要她还记得曾经遇见德尔·尼尔森并与之认识,每当想起德尔时,这支歌曲的歌名就会在她心头闪现——《老天在我的心头降下了帷幕》。

离开前,马德琳往卧室里粗略地看了一下。德尔在浴前换下的胸罩扔在床脚下,缩成一团。从她站的位置能瞥见到浴室门开了一条窄缝，里面隐约显出浴缸边上有什么银色，混合着绿蓝色光彩。德尔走得太匆忙了，甚至忘记放掉浴缸的水。

马德琳走近前去，往里看看。浴缸水还在，绿蓝色，光滑，平静，就像冰一样，热量逐渐从水里蒸发到周围的空气里了。

她俯身向前，再靠近点看了看。

德尔仍在浴水里。死了。

一支烟，她吸的最后一支烟，这女人吸的烟头上有少许红色，依然搁在脸盆边缘上，她入浴时把脸盆放在浴缸旁了。脸盆边缘上的水珠阻止了香烟燃过四分之一处的标记。

德尔的脑袋沉在浴缸底部，脸朝上。可能是摔下去，或者可能被推下去，被摁住躺在那里；可能是心脏病发作，滑倒摔下，撞在浴缸底部，酒精和热水导致了晕眩，结果就自己溺水而死了；或者——就是一起凶杀案。马德琳无法断定。

马德琳仔细看了看德尔的手。她的两手仍然都松弛弯曲地放在浴缸边上，没有随着她的身体一起没入水中。两只手腕都挂在浴缸边缘部分上，手腕旁边的浴缸瓷釉上有两个红红的小斑点，几乎就像蚊子叮后挤出的出血点那样，还有一股细小的淡红色液体从浴缸边缘流下去，流进了浴水里。可水中倒没什么痕迹，溅出的血太少了，不足以染红浴水。

这一望便知发生了谋杀，她是被摁在水里直到溺死的。

马德琳蹲下来，保持着一英寸的距离，仔仔细细地观察德尔的两只手，但不去触摸。这两只手上没有任何痕迹，没有擦伤或抓痕。她甚至还躺在地上，脸朝上，看了看这两只手朝下的部分——手掌。

这不是德尔的血。但她的十个手指甲上，本应有一小块白色延伸过指甲根部，可现在却呈现细如发丝般的红色结块。她在拼命挣扎，然后用手狠抓了某个人，不是脸上，就是前臂上，或者手上。

马德琳站了起来，站着俯视着她。看着她那双惊恐的蓝眼睛，比以往更冷峻了，透过蓝绿色的浴水向上死死瞪着。阿德莱德·尼尔森曾经以她自己的方式玩游戏，结果输了性命。

可是，我们之中谁赢了呢？马德琳理性思考着，这个游戏你是赢不了的。如果死神没有把你的钱财拿走，就像在这种情况下那样，那么年老接踵而至，你牌桌上的赌注肯定也会一扫而光。也许她已得到最好的结局，至少她过世时看上去不错，即使被杀，依然妩媚动人。

一个男人应该勇敢地死去，而一个女人应该漂亮地死去。

现在一阵后怕袭来，令人不寒而栗，此前一直被抑制着直到此刻，可能是由于这个发现而极度兴奋吧。"我得离开此地了，"她告诫自己，同时睁大了眼睛，"我还站在这里在干什么呢，就这样徘徊着吗？有人也许会进来的。"

她的恐惧与其说是担心被控犯罪——事实上没有发生到她身上——倒不如说是担心从那时起她会陷入此事，深感负担，难以摆脱,超出她所有的忍耐。拘留,无休无止的受审,尤其是公开曝光,如此一来就阻碍了她完成使命的任何可能性,而这个使命正等待她去完成。

她不想被牵涉到上述任何一种情况里去。

她匆忙离开了浴室,让现场保持着她发现时的原样,浴室门大开,灯光亮着。她在浴室里轻巧敏捷、悄无声息地闪身而出。走过客厅时,她两眼东张西望,以奇怪的怀旧心情快速瞥上一眼,以此告别。再也没有用高脚杯装水给夹竹桃浇水的事了,再也没有在钢琴上留下便条的事了,倒是有待播放的歌曲录音:《老天在我的心头上降下了帷幕》。

她仔细地倾听了一会儿,然后谨慎地打开房门,灵巧地侧身而出,楼道厅里空无一人,她关上了房门。她没费心擦拭一下房门把手,不知怎的,她觉得那是书里描写的事,不是现实生活中的事,她说不上为什么会这么想。不管怎么说,在她之后会有无数人的手来触摸这个房门把手。

电梯上方的显示停着没动,电梯停在底层对着大街。她按了按钮,让它上来。随后她走进电梯,按了下"2",而不是对着大街的底层。她很幸运,在整个十六层的电梯下降运行中没人进来,没人看到她乘过电梯。

她在二楼出了电梯,悄悄地从楼梯走下去,楼梯门口通往大堂,在电梯的一侧。在她的来来往往中,她多次注意过了。此刻她停下脚步，不在他人的视线范围内。在大堂有关人员最后扫视周围之前，她就等待着时机，在不被人注意时离开。她决定没机会就不走，不冒任何风险，即使在那里一连站上两个小时也行。只消有人无意中瞥到她一眼，就可能在最没想到时带来出乎意料的后果，把她卷入灾难。

从她的角度来看，这个设想很有利。那个登记访客去哪个公寓房间时使用的通告板在大堂的另一边，远离楼梯口。在履行其职责时，门卫会背对着她。然而，她得计算好时间，这样不至于在她出大门时恰恰被他快速转身看到。那样的话，他会想她是从哪里冒出来的。大堂入口过道很长，她要走过的距离可真不短。

她起先进来时门卫正站在大街边，如果他还在那个位置，那就不可能避开他的注意。最好是有人来了，他跟着进来，正好背对着她。

第一个来的人是个年轻男子。门卫跟进来了。"弗莱彻小姐。"年轻男子说。"拉金先生。"弗莱彻小姐迅即回答着走了上来。很可能是约会吃饭吧，她正等着他呢。他引人注目地手捧着一个插着兰花的云母花罐。

一个来访者对马德琳来说根本没用。登记他的到来只需一点点时间，门卫马上又没事了。

又有三个人来了。两个男子和一个姑娘，来接他们的第四个人。马德琳想走出去，没成功，因为她的勇气消失了，她只得再次退回来。门卫说出三个来客名字时语速非常之快。如果她尝试出去的话,才走到一半就会被发现的。

但是,假如你等待的时间足够长,你最终会等到合适的来客群;假如你等待合适的天气,这天气最终会来的;假如你有足够的时间开一个保险箱,最终就能打开;假如你下足够的赌注,你的黑马最终会出来的。

人们进进出出。甚至一个坐轮椅的老太太也被一个陪同推进来了。显然她是住客,所以无需登记。

最后,她终于成功了。一群人进来了,是个团队。实际上也只不过五六个人而已,但他们似乎让大堂里充满了嘈杂的声音,他们到处走来走去,肆无忌惮地大笑着。他们都是年轻人,十八九岁或二十多岁,显然都是应邀参加某个晚宴,或者生日派对,或者订婚派对,所以大多数男孩都带了包裹好的礼物。

门卫被他们围裹其中,看不见了。马德琳镇静自若,无需表明身份,走下楼梯,轻松地走过大堂,毫无匆忙的举动。

正当她跨出大门时,她听到门卫在指示那群人:"每个人注意,17-A。"她脊椎里闪过一阵颤抖。他们的派对就在躺着尸体的房间楼下举行。

她很理智,不在大楼前徘徊了,她要找一辆出租车。她轻快地走着,低首前行,减少被人认出的可能性。她走到最近的大街拐角,在那里想方设法地叫到了一辆出租车,钻了进去。

"除非有个霉运之星高悬我头顶之上,"她告诉自己,"否则没一个人见我进出过那幢大楼。"她有点迷信似的,把中指交叉在食指上,保持着这种方式。

她回家后首先喝了杯酒,尝试使自己镇定。她曾经鄙视德尔喝酒,但这倒不失为一种疗法。

在目睹刚刚那一幕之后,她无法安心坐在桌旁吃喝。她不断地走来走去,走去走来,漫无目的,有时她紧闭双眼,有时手托下巴,仿佛犯了牙疼病似的。她确实有牙疼,疼在她的良心上。

这可不是仅仅看到了一具死尸——甚至是一个朋友的死尸——她知道这一点。此事的影响慢慢地来临了,但一旦开始,就不会终止了。

是我杀死了她。肯定是我杀死了她,仿佛就是我把她的脑袋摁在浴水里,而不是那个男子。他只是个杀人工具,而我是教唆犯。这次死亡应该归咎于我。

这就是我如何把自己从斯塔尔死亡的负担中解脱出来的。通过要了另一个人的命的方式,一个更可怕的谋杀。这是一场真正的谋杀,这就是我所实现的事,这就是我为自己做的事。

大约十点钟——她没有注意真正的时间,只是大约十点钟——她又喝了一杯。然后她决然地拿走酒瓶,把酒杯倒放在桌上。这对她太糟糕了,她正在经历这类情感危机。它放大了影响,模糊了影响,使她无法合乎逻辑地思考,让她陷入了不现实的忧郁之中。

它只会有助于生理上的震惊，就如目睹了德尔的尸体时那样，但不是精神和形而上意义的悲痛。

第二杯酒并无好处，但至少她最终停止走动了，坐了下来。她能觉察出自己是在逐渐积累内疚情绪，并陷入另一个内疚情结之中，就像她在斯塔尔死后所经历过的那样。只是这次预示着更为糟糕的后果。

德尔不是好人，这世界不会怀念她，马德琳告诉自己。但我没有权利去杀死她，不应该由我去审判她，马德琳回答了自己。

这情形原本很可能持续整夜，激烈程度会越来越高，节奏会越来越快。但突然发生了一个转向，一下子终止了这种情形，不仅如此，这个转向还彻底把此情形从她的思维体系中清除出去了。

门铃响了，她走过去开了门，门口站着两个男子。

"您是马德琳·查默斯小姐吗？"一个人问道，礼貌地举手碰触帽檐敬了个礼。

一个身高一般，另一个稍高点，身体都很强壮。他们两个都是那种类型的人，你看了他们一眼之后，一会儿你就说不出他们的长相了。也许，这是一种职业性的难以辨认的状况，你或许会这么说。

"对，我就是。"她单调地说。

"我们想和您谈谈。可以进去说吗？"

"现在不行，"她很不情愿地回答，同时头转向一边，"我很累，现在无法见任何人。"

"恐怕,您还必须得听我们的,查默斯小姐,"他说着,还是那么彬彬有礼,但增加了点干脆的意味,"警方公务。"他出示了证件。

这么快!这想法在她心里一闪而过。不到三小时前的事——就已经找到她了!

但糟糕的是,在她闪身一旁,让他们进来时,她能感觉到自己脸色苍白。这种苍白是身体反应,就像皮肤一抽一紧一样,不由自主。

他们也看到了,他们一定看到了,那很不好。

她坐在沙发中间的位置。身材高点的那人坐在沙发尽头,脸对着她。另一人搬过一个椅子,斜对着她坐下了。他们形成了一个大致的小三角,显得有点私密,只是,她并未感到舒适。

谈话立即开始了,以随意的方式,但立即切入话题,没有开场寒暄,也毫无松懈,每个问题都问得礼貌周到,毫无瑕疵,比起通常的舞厅聊天或餐桌闲话更为礼貌。

"您认识一位叫阿德莱德·尼尔森的人吗?"

"是的。"

"您对她了解多少?"

已经下了第一个圈套了,才问了两个问题而已。

"很难确切地说这种事情。"她没正面回答。

"是啊。你对她很了解还是不了解?"

"了解得很一般。"

现在要当心每一步,她不断警告自己,当心每一步,说错一个字你就被套进去,勒住脖子,这两个男人都是专家。

"您认识她多久了?"

"我第一次遇见她是在九月份。"

"大约两个半月,没错吧?"

"大约两个半月,没错。"

"您去过她的公寓房间吗?"

"是的,好多次了。"

"您会说是频繁地去还是难得去?"

那个门卫曾经见我一直来来去去,我不知道他们是否已经问过他了。假如我说难得去,而他回答的却是相反,那可怎么办?

"开始时去得很多,以后就逐渐少了。"事实也是如此。

"有什么特别的理由您去得少了?你们相互之间的关系变得冷淡一点了吗?"

"不,不,"她谨慎思考后说,"那不是有意为之。这是常有之事,在人际,人际"——她一下子找不到合适的字眼——"关系中。"

"您第一次是怎么认识尼尔森小姐的?"

"我拜访了她。"她就给他们谈了她写作歌词的灵感之事,"音乐出版商没个好的。我想如果我能和一位歌手配合的话,或许能搞点名堂出来。"

"她相信您的话吗?这是您不得不经常去看她的原因吗?"

在这一点他们究竟想干什么,在德尔和她之间制造嫌隙?

"根本不是。你瞧,她好意让我使用她的钢琴。我自己没有钢琴可作曲。"

"那么,您去时她总是在家吗?"

钥匙!她惊慌地想到,谈到钥匙问题了!我的天哪,我把自己绕进去了。

她脸上又掠过一阵似有牵连的煞白。其中一个男子伸出手来,扶了一会儿她的手臂,让她镇静下来。那可不是鼓励的举动,也不是友好的举动,那只是镇静她而已。就像你想要某人保持状态一样。

就撒个谎反倒是最安全的,尽管有风险,那就是她的话和门卫的话相反。但她不能让他们把她一人"放在"德尔的房间里。那样的话,天知道还会突然冒出什么危险来。

"总是如此。必定无疑。你要知道,我从来不会忘记事先打个电话给她,确定她在家。如果没人接电话,我就不去了。"

"那就引出另外一个问题,您最后一次见到她是什么时候?"

他们现在接近关键点了,她提醒自己,等等吧。

"让我想想,今天是星期一,我最后一次去那里是一星期之前的星期五吧。"

"您今天没去过吗？"

"没有。"

"您今天任何时间都没去过吗？"

"没有。"

注意，他们是如何紧追不舍的？她对自己说，这可真是一层危险的薄冰啊，这是他们第一次让我重复我的否认。

"你们两人在电话上聊过吗？"

糟糕的问题。旅馆总机保留了打进来的电话，如果有人接听的话，是吧？很可能没有，但某一个总机小姐或许还记得有个女人给她打过电话，德尔的嗓音极其激动，足以引起注意。

她不想把这个联想引导到离她的底线一步之遥的地步，那样太危险了，保持底线会更加安全。她决定冒险撒谎撒个彻底，他们无法证明那是德尔打来的，他们当然不可能已经窃听了，因为德尔那时还活着，她的电话还不是警方的窃听对象呢。

"没有。"

个子高点的人说话了，就像一只保持致命沉默的巨虎，张开四个爪子猛扑在猎物上一样："五点左右给你打电话的女人是谁，大约今天下午吧？"

每说一个字，我就陷入更深一点，她心想，不由得恐惧了。他们怎么会发现的？或者他们还不清楚，只是毫无根据的瞎猜而已？无论如何，她得坚持她的谎言，她现在已经无法摆脱了。她绝望地瞎猜了一番，美发师？他们会核查。亲戚？他们会核查。医生办公室的护士？我从不看医生。

"一个常常去同一个教堂的女士，几年前了。她失去了女儿，那时我对她很好，自那时起她一直没忘，今天是祭日，她是巴特利特太太。"你还能找出比这更可信的理由吗？她心想。

他们没在这点上追问下去。奇怪，她对自己说。有时明明没什么疑点，他们却追查，追查，一再追查。可是，有时明明有什么疑点，就等待追查了，他们反倒错过了。或许，他们毕竟只是人，如此害怕他们也太愚蠢了。

"您是否见到过尼尔森小姐的任何其他朋友吗？"

"没有，一个都没见过。"

"她和您谈起过他们吗？"

"没有。她的嘴巴特别紧。"

他们要在那里寻找什么呢，她猜想道，难道是德尔对其中一个男人心生嫉妒吗？

"您有没有听到她和她朋友通电话？"

"有一两次电话铃响，可我没注意。音乐声盖过了她的电话交谈声。"

"她给您看过她的东西吗？"

"她有一次给我看过一件皮毛衣服，还有几件珠宝首饰。"

"您想过谁给她的吗？"

"那不关我什么事。"她虔诚地说。

"等等,难道您不希望您拥有这些东西,不希望它们都属于您?"那个"老虎"诡诈地问道。

她跳起来,激怒了,然后猛然坐下,忿怒不已。"你在暗示什么?"她忿怒地声音嘶哑地反问,"你的意思是我想要这些东西?我偷了这些东西?我的衣柜在那里,走过去查查吧,你自己去看一下。"

让她感到既惊愕又忿怒的是,他居然听了她的话就起身去查看了。

他回来时,不理睬她对他怒气冲冲的脸色,无动于衷地对他的同伴说:"里面没有一件皮毛衣服。"

但是,一旦她让自己冷静下来后,她明白了为什么他这么做。他并未真的指望在那里发现什么,那只是一个心理小把戏,只要可能,就故意引她争吵,暗中破坏她的自信心,使她处于防御地位。

此时,她觉得似乎他们的询问会一直进行下去。她开始感到心理压力了,尤其是她还在发现尸体时的震惊中尚未平复,他们就这么快找来了,她有一种不安的感觉,她还没有如她原本想象的那样安然度过这一关。在一方面,没有从一开始就问到底德尔发生了什么事,这原本是处于她这种境地的人的正常反应。是什么没让她这么做,很可能是她已经知道凶杀的内疚感,还有担心如果她问的话,这种内疚感会以某种方式泄露出来。现在要再这么做已经太迟了，既不可信也不在情理之中了。

他们又开始了。他们的手段是让人一直激动，可能的话，让人失去理智的平衡。这有点类似这样那样地连续击打一只篮球，或者猛击练习拳击的吊袋。

"今天晚上您离开过旅馆吗？"

她怎么能说没有呢？电梯工，柜台服务员，门口值班的门卫都见过她出去了。

"大约七点我出去过。"

"您去哪里了？"

她在离开大门几码的地方坐了出租车，她冒险用这几码的距离来掩盖行踪，因为坐出租车就意味着有目的地，你不会坐车没有目的地。

"没去哪里。就是走走。我需要活动一下，吸吸新鲜空气。"

"您每天晚上大约这个时间出去散步？是您的习惯吗？"

"不。今晚是第一次。"

"您在哪里散步？"那只"老虎"问道，他现在已成了她个人的仇敌。

"街上。"她厉声说。

另一个男子喉咙里发出使劲抑制的声音，低声却还能听到："你输了一次了，斯米茨。"

"哪条街上？"他语气柔和地问。

她一口气背出了六条街名。"满意了吗?"她嘲讽地问。

"就是散步,对。"他冷静地说。而其含义,大约更深层一点,就是:"哼,假使真去了哪条街就好了,可你没有。"

"您回来时间是——"

"大约八点吧。"

她清楚为什么问这些。这是一个时间段,正好包含着德尔的死亡时间。

"您是散步前吃晚餐还是散步后吃晚餐?"

"都不是,今晚没吃。"

"老虎"呼噜呼噜地问:"是发生了什么事让您没胃口吗?"

这次她无法克制了。"不是在那个时间,而是现在。"她不再对他的伙伴火冒三丈地瞪眼了。他让她非常愤怒,这对受审的人来说可不妙。

突然,他站起来了,仿佛是接到信号似的,另一个男子也站起来了。

她宽慰地长舒了一口之气,毫不掩饰,脑袋软绵绵地一下子向后靠在沙发上。接下来她所听到的是,他说道:"我很抱歉,但我们得请您跟我们走一趟。"

她的头猛地竖起。"为什么?"她几乎带着哭腔问,"难道我没有回答你所有的问题吗?"

"回答了。"他简短地说。

"难道我回答得还不满意吗？"

"您会知道得更多的。"这意思是无论那些回答真实与否尚无定论。

另一个站在门边，说："走吧，斯米茨？"但她明白这是对她说的，不是对他同伴。

"查默斯小姐，先请吧。"斯米茨直截了当地说，站到了她身后。

她走在旅馆里铺着地毯的长长走廊里，控制不住地浑身颤抖，这走廊似乎有几英里长。"我感到很害怕，"她害怕地低声嘀咕，"我还从来没被警方带去任何地方。"

"是吗？"斯米茨简洁地说。

镶嵌着玻璃棱镜的吊灯，侧墙上的镜子，侧墙边饰有针刺绣花边的椅子。旁边的接待办公桌只是意味着"敬请回复"和"谢谢"之类的便笺，并无其他重要性。她不应该在这里由两个侦探陪伴着走过去，被卷进一桩暴力犯罪行为里。在他们的命令下，去他们的地方。她应该是身穿皮毛，手指上戴着钻石，脖子上挂着钻石饰件，一副拥有世界的气派那样地走过去。唯一能伤害她的也许是脚上的一个小鸡眼，因为她的意大利皮鞋太紧了。

然后，太迟了点，她最终还是问了句："为什么事？她发生了什么事？"

"您不应该早就问问吗？"

"任何事都可能发生，我怎么知道？"她防御性地说，"她常喝酒。有时喝醉的人会说别人各种各样的坏话。"

"但如果是死了呢，"他说，"那就等于说了最糟糕的坏话。"

"死了？"她吸了一口气，惊骇不已，心中只希望她做对了。

"你永远不会获得奥斯卡金像奖。"他看她的眼神就像你看见一只猫从雨中走进来似的，它浑身湿透，肮脏不堪，可你仍为它感到可怜，你有善心，你甚至想给它喝热牛奶。

从旅馆走向大街再上车倒是相当不费事，没人多看她一眼，或者即使他们看看，他们似乎只是看到一个漂亮姑娘由两个身穿西装的年轻人陪同着。她优雅地晃动两臂，没人会联想到拘留之类的事。

车身上没有标志，或者至少，这车不是那种涂有斑马纹的"米老鼠"巡逻车。和他们一起坐在车上时，她试图分析一下自己的各种感受。真正的害怕倒是几乎没有，但确实有一种不舒服的感觉。在她生活中，她倒是第一次感到笨拙尴尬，缺乏自信，这很可能因为主动权落到他们手里了，她不再是个自由人了。

在警方辖区分局里，她被带到一个空房间，有人对她说是否介意等一会，仿佛她是个参观者或者客人。"我们马上就来。"一个人答应说，他们两人都走出门外了，门外前面就是他们刚才进来时的大门。

房间里很压抑，却并无特别的凶险威胁感。墙面从地面往上一半都漆了令人生厌的暗绿色，再往上则涂了白石灰。为何绿色就漆了这么点？要么是他们没油漆了，要么是他们没钱了。或者是谁把漆匠的梯子拿走了。窗户大小还是那种六十年前的式样，又高又窄。窗玻璃前嵌入了一层金属网眼，起到防护作用。她无法猜测其用途，肯定没人会鲁莽到对警察局的窗户扔石块吧？窗外可看到后院，窗子另一边有漆黑色的房子，和这个房间所在的房子共同形成了这个后院。通过那个房子的一些窗户，可以看到人们的日常生活，他们无人瞥一眼这个惩罚之地，早已习惯了这个终生相邻的所在。有人争辩说，至少，在后院这些毫无遮蔽的房间里，嫌疑犯们不会遭到殴打或者粗暴对待。然而，是这样吗？那个公寓房的住户可能对此早已习以为常了。

最后，这房间里有许多斑斑驳驳，布满刻痕的木椅，靠墙排成一排。还有一张木桌，同样斑斑驳驳，布满刻痕，还有大量的烟蒂烫出的痕迹，在桌子边缘处呈扇形状，桌子同样靠墙放着。

她转过头来，一个身穿制服的妇女——女舍监，走进了房间。她令人愉快地朝马德琳点点头，但又显得公事公办似的。她坐一个椅子上，打开一张窄长的报纸看着，沉浸其中。

有她在房间里，马德琳能感觉到高度紧张。看起来这预示着一轮严厉的审讯即将开始，甚至逮捕，需要女警员在场，这是根据规定行事，因为被拘留者是女性。

仿佛她能看穿马德琳的心思似的，女舍监轻声地说，语调生硬但又和善，甚至也没从她阅读的报纸上抬起头来："别紧张，傻瓜。

很可能只是例行公事而已，你不知不觉就已经结束了。"

突然，似乎她找到了她想查找的东西，她大声叫了起来："利博拉，是我！我们看看今天还会有什么事？"

但是，是什么事没人说清楚，因为房门就在此时打开了，斯米茨和他同事又回来了，还有另外两个人，一个人满头浓密的银发，显然级别在这些人里最高。一个全员审讯小组准备要审讯她了，虽然，其中一人只是速记员。她注意到，他拿出一本便笺，中间插入了复写纸。

没想到，她被介绍给警局副巡官了，这倒减少了即将来临的审讯所带来的霉运，给她增加了信心。一个人如即将被逮捕，一般不会事先正式地被介绍给执行逮捕的警官——或者至少是警官的上司。

"这位是查默斯小姐，副巡官。这位是巴里副巡官。"

他甚至向她伸出手，而当她伸手握住他的手之后，他握着她的手翻过来翻过去，似乎是一种表示友好的停顿。

桌子从墙边搬出去了，腾出空间，椅子也排好了，大家都坐下了，包括马德琳。她看到那两个去旅馆中的稍矮个子——不是那个"老虎"，无言地对她点点头，她就坐在一个椅子上了。速记员先是窸窸窣窣地翻开最前面的几页纸，把它们反折到便笺背后，直到出现空白页。

女舍监仍靠墙坐着，没人注意，低头注视着手中的小报，忘记周围的世界了。

可恶的事情又重新来一遍，只是这次是三个人，而不是两个。到拘留监禁的距离更短了，她忍不住有点伤感地想着。无可避免的是，审讯的范围大多在旅馆里已经询问过了，这本身没什么风险了。她有着准确的记忆力，她必须记住三件事要避开，保持原来的说法：德尔房间的钥匙，她生前那两个男子的情况，还有她死前一小时的最后求救电话。

审讯似乎没有尽头。有时候，审讯进行得就像是一场击剑比赛，她避开他们一次次的剑刺，让他们刺向她的每一剑都偏斜了。也有时候，他们三人仔细考虑，想方设法，联手追寻真相。

每当副巡官的眼睛接触到她的目光时，似乎有一种父亲般的眼光闪烁。在家里，我有个女儿和你一样大，他的目光似乎在告诉她。她知道很容易在这种目光的拥抱下放轻松点，让他们允许她完全松懈惬意，但她总觉得这就是他想要她做出的反应。她不能放弃她的防守，无论某个男子看她的目光多么温暖。

她使自己坚强起来，继续做她该做的事。

一个巡警把头伸进门内，说："巴里副巡官说，查默斯小姐随时可以回家了。"

她立刻站了起来，眼下的瞬间就是她"随时"的愿望。

一个男子说："晚安，希望我们没有对你太粗暴。"

她知道她应该回答一下,但她没心思,互相之间的礼貌是个习惯,难以破解。"晚安,各位。"她毫无热情地说了句。

她关上了身后的门。才一会儿,她又推开了门,头伸进去。"我的手提包是否遗忘在那里的桌子上了?"她问他们。

斯米茨瞥了一眼她刚才坐过的椅子,摇了摇头。"我们离开旅馆时没见你带包。我印象里你没拿包就走了。"

她一只手捂在两眼中间。"那我该怎么付出租车费呢?"她脱口而出,没停止思考。过了一会儿,她才想起旅馆接待柜台可以帮她垫付,很容易。

但斯米茨的组员,一个看起来是个正派人,已经伸手到口袋了。"我来帮你付吧。"他主动提出。

她却惊奇地看到,斯米茨对他摇手阻止了。她不明白为什么。

斯米茨转身对她说,"我送你吧,如果你不介意在外面小队长桌旁等几分钟的话。我十二点下班。"

她倒宁可这个提议来自其他某个人,但激烈的战斗平息了,她只感到冤屈。她太累了,甚至顾不上从心底里厌恶他了。

她就坐在外面的长凳上,办公桌后的小队长好奇地看看她,随后又去忙自己的事了。

这"几分钟"变成了十分钟,从十分钟变成了十五分钟,从十五分钟变成了二十分钟。她开始感到恼火了,她烦躁不安,但她仍固执地坐着。她不断地希望能从他那里得到一些暗示,在这个案件里,她到底处于哪种位置。"查默斯小姐随时可以回家了"的话很不明确。她必须得搞清楚：她到底是涉案还是无关?

当他终于出来时已是十二点二十分了,结果他又对本来已经糟糕的局面来了个更糟的结束,他惊愕地一拍前额,叫道:"我完全把您给忘了!"

"显然是的。"她冷冷地说,站起身来。她目光锋利地看着他,假如他伸出手指在她眼光前晃过的话,肯定会受伤不轻。

他们走进了把她带来时的同一辆车,这次她能够看清楚车身上没有任何标志。

"副巡官让我们都进去开了今天最后的简报会,"他驱车离开时说了一句,"所以我耽搁了。"

她在思忖这短会是否与她有关,并在想如果问问他,他会回答吗?她还没来得及鼓起勇气,只见旁边车道上的一个男子脚痒踩下踏板,开始穿过十字路口,此时交通灯尚未变换。

"等绿灯啊,老兄。交通灯派什么用场的?"斯米茨嗓音低沉地吼叫了一声。

那男子转过头来看看他,她一下子屏住了呼吸,记得这辆车上没有标志。那男子又眼看前方,一溜烟地开走了,这次没违规。他不知道刚才多险啊,她对自己说,一言不慎,就会……

他们到达旅馆时,他从他那一侧下车,关上车门,绕过来,为她拉开她这一侧的车门。她还没明白这是什么把戏,他已经关上她身后的车门,两人都在车外了。

"我上去坐会儿行吗?"他试探地问。

她蓦地转过身来,面对着他。"难道你不觉得我一天里已经受够了吗?难道你不觉得我累了吗?副巡官不是发话说我可以回家了吗?"

"您到家了。"他说。

"是的,可是我就想一人独处,没有任何,"她愤愤然地上下打量了一下他,"监视。"

"我下班了。"

"你从来不下班。你一直在试图想套出别人不想说的话,甚至在你睡梦中也是如此,我敢打赌。"

"我只待一会儿。能不能喝杯咖啡?"然后他提醒她说,"我还给您买过一杯咖啡呢。"

"现在你想要回那十美分,是吧?那好,上来吧。"她压低了声音咕哝了一句,"真希望呛死你。"

"我会试试。"他善变地说着,跟着她走进了旅馆。

上楼后,她打开储藏柜,取出咖啡,水壶里放了水,开始煮,然后又走到外面来。她一屁股跌坐在沙发上,毫无做作地发出了疲惫的呻吟,连外套都没脱。

"难怪人们在那套东西下精神崩溃了,我说的是犯罪的人。"

他从窗前离开,没等主人邀请就自己坐下来了,一脸友善。"长点见识了吧？无罪者往往比有罪者崩溃得更快。他们没有那种拼命的必要去坚持谎言。"

"那为什么他过来和我握握手？我是说副巡官。他们一般不会和带进来审讯的人这么做的，是吗？"

"他敢肯定您很了不起。"他油嘴滑舌地说。

"不，他想看看我的手。"

"您很机灵啊。"他承认，诡秘地笑笑。

她伸手在给客人准备的烟盒里抽出一支烟来，故意不问他是否要抽烟。而当他为她划了根火柴，她似乎也没注意到。

"你有点恨我吧？"他镇静地说，"但如果死去的女人是您的亲姐妹，那就会不同了。那就是我的事了，我的职责。假如我没有把每个人都折腾个够，我就心肠太好了。"

"唔，她不是我的亲姐妹。感谢上帝。"她站起身来，走进厨房拿起烧开的水壶，准备泡咖啡，"你喜欢怎样泡咖啡？"她没好气地问了句。

"怎么泡都行。"

我喜欢放点什么液体在咖啡里，她不怀好意地心想。

当她端着两杯咖啡回来时，他暗笑了："我敢说我知道您刚才在想什么。"

"我的想法也要接受审讯了。"

"噢，别当真，"他疲倦地说道，"一个女孩没点幽默感就无趣了。"他一口就喝下了半杯子。他能做到,因为他长了个特别大的嘴巴,这种说法的两种含义都有,她急忙让自己坚持这么认为。

"不管怎么说,您怎么会和那种人混在一起的?"他问道,眼睛却看着咖啡,仿佛试图断定剩下的咖啡是否还够他喝上像样的一口。

"我已经被问过两次了。我想我可以在歌曲创作上获得灵——"

"喔,得了吧,别说了,"他会意地打断了她的话,"您不会对创作歌曲感兴趣的,就像对我的"——他换了原本正要说的什么词,最后却说——"我的衣袖口一样。我敢说您甚至还不会把两个连续的音符放在一起,您给她看的那玩意儿很可能从某人作曲发表的东西里抄来的,我在那里找到您的大作里的一首,有个派去待命的警察正好会弹钢琴,我对您说实话吧,就是拿酒杯在乐谱上随便印个圈子也比您写的那些音符弹奏得好听。我知道这么说有点好笑,弹钢琴时有一个死人躺在那里,如果没把她吵醒,我们就可以断定她是真死了。当时有一半的警察都用手捂住耳朵,央求他停下来,可他还没弹完呢。"

"说下去,"她带着刻毒的温雅语气说,"还有什么吗?"

他看到她瞥了一眼手里正端着杯子。"别泼。会烫得很疼的。"

她把热气腾腾的杯子放在一旁,仿佛是让他放心,她终究不会失去控制,杯子不会飞向他的。

"不,我是这么想到,"他继续说道,语气严肃起来了,"您是个想做好事的人。您自认为某种真实或者想象中的错是您干的，为此您感到内疚，您就想尝试去消除它，您的方式就是与尼尔森这样的时髦人物交往。"

尽管她几乎无动于衷，她体验到的感觉却是令人震惊的冲击，要推着她迅猛撞到墙上似的。

他在大约四小时前才第一次见到她，却已对她了解得那么多！她不断地微微晃晃脑袋，眼眶里噙着泪水，那是惊异之泪，是羞辱之泪。想想居然有人这么能读懂她的心思。

她不知道，他团队里的成员是否都意识到他们拥有了什么，此人是凭其直觉本能，以及洞察人性的方式为大家工作的。这一切都对一个侦探极其重要，也许更多地超过技术性知识和猫捉老鼠似的追踪。他天生就是干这一行的。

然而，就这同一个男子，她在某种程度上已有所了解了，下班之后有时也会吵闹喧哗，轻浮无聊，尤其喜欢恶作剧，幼稚气十足，几乎到了愚蠢无聊的程度。

但是，她也意识到，需要许多成分才能造成一个完整的男人。

他已经又回到那个案子上了。"拉起浴帘试图掩盖她躺在浴缸里，这种手段太愚蠢了，"他若有所思地说，"我一看到这里就知道发生过暴力。一个人淋浴时拉上浴帘是为了防止水溅到地上，但一个人泡澡时永远不会拉浴帘。"

"浴帘——"并没有拉起来遮挡浴缸啊，她及时停了一下，在说这两个字时拖长了一点,"浴帘——很可能是她自己拉上的,比如说,她感到有风吹过来。"这次说时拖得更长了。

但他可是个侦探,真是个侦探。"我就知道您去过那里,"他得意地说,"我有很强的预感,您去过,无论怎么说,我一直这么想的。这次更有把握了。我听到了您刚才没说出口的话。"

"所以审讯还在进行!"她勃然大怒,"这就是你要上来的目的吗?"

他站了起来。"为什么不呢?就为了满足一下自己的好奇。您有戒备心时我无法从您口里得到什么。我猜测如果您放松了戒备心理,也许我可以。"

她目送他离开,他已打开门,正要走,不过没带她一起走。

"你认为我今晚去过那里,那么还会把我再牵涉到案子里去吗?"她问道。

"没有什么案子,"他回答,"可以再牵涉到你了,这个案子已经结案了,那时我正要离开辖区警局,所以我耽搁了。"

"但那是谁干的——是谁?"她设法叫住他。

但他关上了门,走了。

无线电广播直到大约二十小时后才播送这条新闻,第一次是在晚上八点钟的新闻报道里,从那时起,每隔半小时重播一遍,直到这条新闻充斥了整晚。换句话说,对此凶杀案,他们肯定是有意隐瞒了这条新闻，直到他们确定已经消除了怀疑或者出错的可能性。斯米茨离开她家时是昨夜十二点半，他已经告诉她这案子结案了。但那只是非正式的，可以这么说。

正是从这个角度看待问题让她惊呆了，让她恐惧得僵住了，这超过了这条新闻本身带来的冲击。谋杀案整天出现在新闻里，却没有报道明确的逮捕对象。她不断地听了又听，从一个电台转到另一个电台，但总是同样内容，只是变换了几个陈旧不堪的形容词而已。"风姿绰约的咖啡馆歌手"被发现死于浴缸里；"美丽的咖啡馆明星"被发现死于浴缸里；"异国情调的咖啡馆表演者"被发现遇害；"夜生活名媛"被发现气绝于浴缸里。

"一个荡妇遭遇谋杀。"马德琳替他们总结了一下，口吻有点强悍，这是她跟德尔学的。

她一整天不吃不喝，也没离开房间，因为收音机还在广播。为什么他要告诉她？他在开玩笑吗？可他为什么要戏弄取笑她？在她的印象里，他不会拿巡警房里的案件开玩笑，尤其是不和局外人。唔，那么，他们在等待什么呢，又是什么阻止了他们呢？

她听了十二次报道一条狗被装进一个太空舱，摆脱了地球的轨道的新闻，她的关注不会因此减少，她听了十二次报道某个参议员说的话，逐字逐句地重复，但不会比第一次讲得更好；她听了十二次希尔达台风的准确位置被查明了的报道；十二次报道古巴、刚果、阿尔及利亚、越南的新闻，还有所有解决病态苦难的六十年代问题的药方闪亮登场，然后又闪亮退场了；十二次报道可怜的阿德莱德·尼尔森淹死在浴缸里的新闻，等等，等等。重复之多，就连鞭打死马、徒劳无益这类老古话也几乎变得刻板乏味了。

可是，那些新闻广播就像飞碟一样围绕着她旋转，忽而远离，忽而返回。

终于，突然之间，那条新闻来了。来了，去了，结束了。

"阿德莱德·尼尔森谋杀案已逮捕一人。一个名叫杰克·德·安吉洛的男子被带进警局，正在接受审讯。"

她大声叫了起来，这条新闻让她万分震惊，极其痛苦。"我的上帝！他们抓错人了！我的信是寄给席勒的！"

三十分钟过去了，她没有离开收音机，几乎想抓起它，摇摇它，就像对待一个固守自行节奏运行的钟一样，希望它吐词更快一点。这次，他们又变换了几个词："……已经在今天的大部分时间里进行了审讯。"

然后，下一次广播时："警方确信他们抓对了人。"

再下次广播时："他被正式起诉，结具出庭应讯……"

再后来广播时："……警方记录中最为迅即的破案之一。发现尸体后不到二十四小时。"

"太快了，"她想着，颤抖了，"太快了。"

电话拿在她手上。

"四十五辖区。"一个男子的声音应答。

"你们这里有个男的叫——嗯——噢,我猜是叫史密斯吧?"

那声音笑了笑,很可能是出于温柔,或者因为一整天疲于接听回答各种值班电话吧。"噢,是他。不声不响的家伙,胆小鬼,约翰·弗朗西斯·泽维尔·史密斯。是的,这几个部门的人都知道他。"

她没感到这种同志情谊有什么可爱。毕竟,作为一个职业侦探,诱捕罪犯,哄骗他们,诱使他们吐露真话,送他们公审处决而不是私刑致死,这在她看来,只是一种甲状腺扩大症式的残暴冷血和嗜好欺凌的特征而已,已被发现隐藏在几乎所有的成年男性身上。只是,一个职业便衣侦探这么做还有一份薪水。等他年老时,还有一份养老金罢了。

她站在电话机旁,等待告诉他们抓错人了,此时她又完全站在电话线另一端的那个男子这边,那另一端来自法律,而这法律又是庇护无数人的。只有三种罪行之恶比起所量之刑罚有过之而无不及,只有对这三种罪行的惩罚得当。对儿童所犯之罪行,强奸无辜妇女之罪行,以及以种族灭绝加以威胁的危及整个社会之罪行(如战争时期的间谍活动)。当法律规定了日期,规定了时间,宣判说,"你将去死"时,其余均为庄重威严的法律体系的苍白复制品。

斯米茨的房子在郊外一个低薪阶层住宅区,没什么特别,倒是干净整洁。结果发现不是他的房子,但实际上她没被告知。

他走到门口,让她进来。

"你能找到这里,真不错,我知道。"

她进去时,他的伙伴在起居室里。他们有两个镀铜啤酒罐,顶端戳孔光洁,另外两个啤酒罐尚未戳孔,两杯喝过了。但他们没醉,这不是派对,她看得出。他们只是放松一下。某个神秘女人已经把邮票大小的撒盐饼干和小块的橙子味奶酪放在一个厚实的蓝色图案大盘子里了,没有一个男人会把食品切成么小块的。他们两人都只穿衬衣,没戴领带。"我们又见面了,查默斯小姐。"他的伙伴说道,但口气不冷不热,仿佛他宁愿下班和他合得来的朋友一起度过。

她来有事,所以没浪费更多时间。"我必须来找你的原因很糟糕,我坚持要来这里的原因,是——你们得听我说,你们得相信我——在尼尔森案件里,你们抓错了人。"

这足足了一分钟才被理解。

"噢。"他说。

他看看他的伙伴。

然后又回头看着她。

"噢,是吗?"他这次说,他那坚如岩石的屁股一下子坐在大圆桌的边缘上,他双臂交叉在胸前,沉思着,"你怎么知道的?"他问她。

一个女人的嗓音突然响起,倒没有那种刀刺背部的语调,却使马德琳免于回答这本来就有点敏感的问题。

"斯米茨,"声音从楼梯顶部传下来,"艾薇已经准备好等她的晚安之吻了。"

他站起来,走了出去,缓慢地一步一步走上楼梯,给不太坚固的整个房子带来了生命的颤动。吊着电灯的链子微微抖动着,她站着的地板木条也似乎有规律地颤抖着。甚至那个带点绿色的玻璃小鱼缸里的水面也在晃动,这边水晃高了点,那边就水落低了点。

"我不知道他已经结婚了。"她说得有点坦率,或者说是聪明的坦率更好点。

"他还没有呢,"他团队伙伴说,"他和姐姐姐夫一起生活。这是他们的房子。他们很乐意他一起住,他们对他很看重,但他坚持要付房租,斯米茨就是这样的人。比起她父母来,那孩子更喜欢他。"

她偷偷一笑。"那个绰号呢。像他那样的彪形大汉。"

"他第一天去幼儿园就有了绰号,从此就一直叫开了。他们问他名字时,他把自己的名字说错了。"

他回来时下楼就像上楼一样很有动感,甚至可能更厉害点。天花板一角上掉下了一些石灰屑,就像是洒滑石粉似的。鱼缸里的鱼看起来受到了惊吓,纷纷骤然掉头了。

"他总是那么吵闹吗?"她问道,皱着眉头。

团队伙伴一副受到委屈的眼神看着她。"您可不能指望他穿着芭蕾鞋踮起脚尖到处走吧。"

"不是，但他可以声音轻点。"她建议。

他伙伴的忠诚亮度丝毫未减，一个千瓦都没少。"至少您永远知道他在哪了，"他坚定地捍卫，"他可不是那种鬼鬼祟祟的小人。"

他进来时只对他伙伴说了句离题话。"那孩子越来越伶俐可爱了。"然后又转向她，"我们刚才说到哪了？噢，关于抓错了人的事。"

"嗯，你们拘留了德·安吉洛，是吗？"

"我们在登记德·安吉洛的情况，准备提起指控，没错。"

"哦，可是在她的生活中，还有另一个男人。"如果他问我怎么知道，我就承认当时隐瞒了情况，为此就顺着他们给我提出的任何问题说话了。

可他没问。"就是那个投资经纪人席勒吗？我们知道他所有的情况。一开始我们就询问过他了，然后根据他知道的情况释放了他。他有完美的不在场证明。他当时在城里一家最高档的酒店里举行了有四十个客人的晚宴，庆祝他妻子的生日。每个在场的社会新闻摄影记者都在拍他。"

"但是——但是——"她说话结结巴巴了。

"抓错德·安吉洛了？"他幽默地疑问。

"是席勒。肯定是他。"她激烈地说。

他对她说的情况就像是拳击赛似的，不光有老一套的1-2打法，还有1-2-3-4的打法。忽左，忽右，忽右，忽左，打得她跟跟跄跄,倒地不起了。"那么她指甲在他两手背上,在他前臂下端狠抓什么?

"为什么嵌入她指甲缝里的皮肤碎片,通过从他那里取样后,经实验室比对吻合?

"为什么他自愿给我们打电话,自愿在某个地方等候我们去,其实就是他家,当我们到达那里时,自愿招供,并自愿和我们一去警局?

"而最后也是最主要的是,为什么他完全自愿,毫无受到逼迫地口述并签字了一份完整的供认状?

"他说之所以谋杀她,不是因为恨她,而是因为爱她。太爱她了,没法继续带着他的嫉妒生活下去了。尤其是,太爱她了,所以在谋杀了她之后,没有她也活不下去了。

"你读过《奥赛罗》吗?那就是了,今日世界上的翻版了。

"他或许在他的帮派日子里曾有过上百个廉价小姐,但在他晚年才有人让他真正动情了,真到足以让他为此活下去,也真到足以让他为此去死。"

他叹息着,仿佛明白了那类的事情,除了那个萌生了爱,经历了爱的人,他如何能做得到呢?而其他人又有谁能做得到呢?爱上了对他人来说是个厚颜的粗俗之女,却爱之若珍贵不朽的金子。

人心的神秘之处,任何侦探都无法破解。

她一阵恍惚,跌坐在身边的椅子上,依然无法完全理解,心头飘过她在德尔的钢琴上见到的那首歌名,犹如遥远的回声。《上帝在我心头降下了帷幕》。

她回到旅馆,经过前台时,接待员对她招呼了一声,向她递来一封信。她接了过来,眼盯着信封,一时产生了不太真实的感觉,任何人在面对自己的字迹时,这种感觉很容易压倒他们。信封上收件人是:"席勒,戴维斯和诺顿事务所,沃尔特·席勒先生收。"信封的左上角有一小块光滑之处,原本贴上去的邮票可能在邮票出售机里封闭的时间太久,已经脱胶松开,掉了。在信封的右上角,傲慢地盖上了一个邮局的红色橡皮章,斥责道:"邮资未付,退回原处。"

"几天前就退回了,"接待员道歉说,"我曾给您打电话,想问您是否需要我们为您贴上邮票重新再寄出去,可您出去了。我估计我放在您的箱子里,然后就忘记了。过去几天我们一直太忙了——"

他止住不说了,瞪眼看着她,只见她把信封紧紧地贴在嘴唇上,充满激情,极其渴望,一次又一次地重复,仿佛是来自情人的情书一般,又仿佛是来自国内收入署的一笔退款。

"我想您是要寄出去的。"他疑惑不定地说。

"是的,"她说,"是的。噢,你怎么会出这个错?"

"查默斯小姐,请您,"他看着她把信撕成上百个碎片,撒在身旁，一脸悲哀地抗议说，"想想可怜的服务员吧，她过后得来清洁好一番了。"

她上楼去坐在桌子旁，拿出那本画有条条横线的廉价小便笺本，翻到那一页，上面写着：

1. 报复那个女人。

把这一行划掉了。

有人真的这么做了，虽然不是我，这是她无可避免的想法。

……

"那么，现在就去杀死那个男人吧。"

这些文字多简单。说说或者想想又是多容易。然而，要去实施，去干，却又多么的可怕，多么的恐怖。而一旦去干了，又是多么的不可能取消，不可能恢复原来的状态。

要把一个人转变成那样——她让自己的凝视缓慢地扫过旅馆餐厅，把一切尽收眼底，逐个审视每个男人，只看男人，因为必须死的是一个男人，不是女人。尽管女人也会死，但她们不同：

一个男人正对着面前的姑娘微笑，饶有兴趣地倾听她快速说出的一连串话，赞同地点点头，充满爱慕，两眼目不转睛地看着她，正在感受着青年时期恋爱的第一次正面冲击；

一个男人在她眼光扫过时正在看手表，很可能在告诉同桌的另外三个人该动身去剧院了；

一个男人独自坐着，但很满足，面前放着一只高脚杯，空了，还剩一点白色的洋葱，正在心想着某件让他非常高兴的事，从他脸上有点傻呵呵的表情上可以看出来；

一个男人出去接了个电话，刚回来，一脸毫无满足的神色。他脸色发红，闷闷不乐，自尊心受伤，他再次坐下等什么人之后，用手指在桌子上敲敲，发泄怒气；

一个男人正在撕开一只面包卷，准备涂抹黄油；

一个男人手伸进了口袋摸钱，另一只手向他打算付账的朋友和善地挥了挥，表示由他来付账；

一个男人正伸出闪烁着欢快火焰的打火机要给桌子对面的女人点烟。

要把一个人转变成那样，或那样，或那样，变成某种再也不会动的东西。不久腐烂殆尽。再也不会对某个姑娘微笑了，或者再也不会看手表了，或者再也不会"啪"的一声打开打火机了，或者再也不会从口袋里掏出钱来了。

哦，关于这一切，最可怕的是什么？上帝以其无限的智慧——或者无限的冷漠——每天都在这么做，停止几十条、几百条的生命。不受理智支配的大自然也在这么做，以成群成群的方式处理，假如能够区别这两种方式的不同之处的话。

是的,可她不是上帝,她也不是大自然。这就是关于这一切的最可怕之处。

死亡只需一刹那,一秒钟。就其本性来说,它不可能需要更长时间。即使是延迟的垂死状态仍然是生命,直至那最后的一秒。那么,只需不到一秒,即可摧毁花费了二十五年,三十年,四十年的成长。即可湮没,即可消灭,某个母亲所抚育珍爱的,某个年轻女人挚爱并渗入她生命中的。即可删除,那个心灵里储存的知识,具备的专长,拥有的天赋,获得的诀窍,尚未满足的需求,即使以相同的集合体,比率,比例以及程度,也绝无可能加以重组,装配复原。独特性是每个单独的心灵从数以千百万计的他人中脱颖而出的。无可替代。所有的记忆,经历,失望,憎恨,爱情,计划,希望,均是如此。

所有这一切——只需瞬间,即可清除,灭绝,歼灭。

然而,不得不如此。必须如此。必将如此。

她想回复到心灵的平静。她有权这么做。没有心灵的平静,她无法活着,生活将变得难以忍受。

她拿起没用过的餐刀,慢慢地沿着桌布画了一条无形的线条。

这是他的人生道路,正慢慢地朝我的人生道路延伸而来。随着日子的流逝,随着每小时和每一天的过去,越来越近了。

她又画了另一条线,朝着第一条线而去,但在两条线相交前停止了。

这是我的生活道路,慢慢地朝他的生活道路延伸过去。不可避免地,它们会相交。相交之后,我的会继续延伸下去。他的不会。他的将会停止。

一个男子的头部和肩膀的阴影使白色的桌布稍许暗淡了,侍者问她是否还需要什么。

她心不在焉地摇摇头,没抬头看他一眼,只是看着淡淡的线条轮廓从桌布上又消失了。

就像这样,生命离开了你,远离你而去。就像一个淡淡的阴影从某块空桌布的空白处一晃而过。就像这样。

都市何处觅维克？

这是世界上最容易，同时又是最艰难的事：要让一个姑娘去遇到某个特定的男子，而他又是个陌生人，并且他的生活轨迹与她的无法自然而然地交合。也就是说，他们之间没有共同的朋友，也没有因和他同一个行业或专业背景而相互吸引的可能。假如她的长远目标是婚姻，或者她的短期目标只是一场恋爱，那倒是简单了。或者就为此目的，甚至来个快速的性刺激手段也无妨。因为，那样的话，她所做的一切只是为了把自己置于与他近在咫尺的地步，去她知道他会出现的某个地方，在那里他无法不见到她，其余的事听其自然。要么让他偶然结识她，要么她偶然结识他，就让他这么认为吧。

但是，如果她另有目的的话，如果她这里根本没有丝毫的可能去爱，甚至他也是如此，那么即便是爱情即将到来的虚假希望也无法用作诱因或者偶遇，帮助打破沉默，开个头交往，而如果他们没有共同的朋友，缺乏互补的背景，那么这种困难几乎无法克服。

马德琳的动机就是谋杀，不多不少。她诚实地对自己承认了这一点，这就是终究会被冠以的罪名，无论她如何试图掩盖，声称这是惩罚行为也好，抑或是赎罪行为也好，抑或是正当行为也好，抑或是其他什么，这就是她亲手导致的暴力死亡，而这就是谋杀。

必须有个什么关系才能进行这项行动，她不可能一看到他就一枪毙了他。有个非常好的理由就是凭外貌她并不认识他。她必须得知道他就是要找的人，她必须要确保无误。既然爱情行不通，又没有行业或专业背景的共鸣，唯一的可能关系只能是友情了。不管多么虚假，但仍然是友情。

这样，问题就来了。一个女人不可能突然遇到一个陌生男人，然后就开始了一段友情之类的事。

除了如何进入可接触他的范围之外，她还有一个如何辨识身份的次要问题。她几乎无以凭借。夏洛特自己一生中从未见过他。她，马德琳，也没有任何有关他体貌特征之类的描述。斯塔尔给她母亲的那些信里充满了情感描述，从未有过外貌描写。他可能是个胖子，也可能是个瘦子，可能是矮个子，也可能是高个子。可能肤色白皙，也可能肤色黝黑。她得把他从满世界的男人里找出来。

只有两个有关他的事实从夏洛特嘴里透露给她了，都是间接来自斯塔尔。但这两个最低限度的事实可以适用于任何人，这两个事实是他姓名中的两个字，第一个和最后一个，"维克"和"赫里克"，其他就没了，甚至连全名都没有，因为其中有一个很可能是昵称，有很大的可能性就是"维克"代表了"维克托"，但又不能完全肯定。

她甚至还不知道他的职业，他如何挣钱。斯塔尔从未告诉过夏洛特，真是奇怪，所以，夏洛特也无法告诉马德琳。德尔本人只用了"工作"这个词，这可以指任何工作。"有时他直接在工作下班后去接她。"

马德琳评估了手头掌握的情况。只有这些：维克·赫里克。还有个附加情况，也是间接获知的，德尔承认，他们结婚时，他比她年轻。既然德尔她本人最多三十出头，他一定是不到三十，即使现在。

没多少情况可供判断了。太少了。维克·赫里克，年龄二十八，抑或二十九，抑或三十。不知长相，不知身高，不知发色。她要从巨量的人群中把他挑选出来，分离出来。

一连数天，这个任务毫无希望，使她整天不动，什么事也干不了。由于过于害怕失败，她甚至害怕开始行动。最后，她不得不对自己说："打起精神来。别让它这么击败你。就是你失败了，也比坐着什么都不干要好。现在反悔已经太晚了,所以唯一可去的地方就是朝前走。"她深深地吸了口气,尚不清楚该从哪里开始,反正就开始了。

显而易见的事当然是查阅电话簿。这可一点也无助于她开始和他的友情,但或许至少能指明开始去结识谁。她是偶然想到一个开始行动的方法的。

她对自己找到如此众多的赫里克大吃一惊,她原先还以为那是个不太寻常的姓氏呢。但她计算了一下,有十八个人之多。然而,在这些姓名中,只有三个人的名字以维开头,这事没像它看起来那么糟糕。一人是女性,叫维维安;另有两人的名字只有首字母缩写。她立刻排除了维维安,那就剩下了两个人需要她集中心思去辨别。至少在这个大城市的市区范围内。但没有任何理由可以排除他是郊区居民,每天早晨大批人群就像被虹吸管吸引一样,吸到城市里,晚上再吐出来,他可能就是其中的一个。在这种情况下,这个任务就会被放大许多倍,或许要花上大半年呢。她浑身一颤,闭上了眼睛,暂避了这个令人沮丧的前景。

她于是有了两个赫里克;一个住在莱恩大街,一个住在圣·约瑟夫。现在就着手联系吧。

她断定,用一个虚假的电话试图去获取信息的话,不仅不太现实,而且还可能有风险,达不到她原本的目的。人们不会轻易放松警惕,对电话里的一个陌生人敞开他们的生活情况的。那么她如何才能说得煞有介事呢？自己做个骗子，冒充他已经认识的人，或者哪个已经认识他的人，这都不可能啊。首先，她不知道该冒充谁，而且，说第二句话时冒牌货就很可能就已经露出破绽了。

私人拜访，当面对话或者打量一番是唯一可行的办法了。

就这个办法了。现在她大伤脑筋的是如何找一个理由正当的借口。要私人拜访，要上门，都得有个借口才是。她可不能直接去他门口，按个门铃。

又有些日子一天天过去了，她还在冥思苦想。她想到的每个新点子起初看似不错。可当她仔细想想，漏洞就出现了，越来越多。直到像张渔网似的布满了漏洞。

她不止一次地在地板上踱来踱去，呼出的香烟拖出一连串的问号，她常对自己说："假如我是个男人就好了。那就会容易得多了。"那样的话，她倒可以冒充煤气抄表员、管道工、电工、电话修理工、房屋检查员，等等。即便是借辆自行车，借个纸箱，假装是杂货店的送货工，按错门铃也是常事。诸如此类的许多事情都可做，只要能进去，打量他一番就行，如果没有其他事的话。但是，有谁听说过一个姑娘做这类工作的吗？

然后，正如这个难以预测的世界上时常发生的事那样，正当她一筹莫展时，从最为意想不到的角落冒出来一个灵感，掉在她的膝上，或者不如说是放在她的手心里。既现成完美，又十分简单实际。

一天夜晚，她下楼去旅馆餐厅用餐，一如她多数夜晚那样。但这个夜晚，她发现她把手提包遗忘在楼上的房间里了，其他夜晚她不会忘记的。这不会让她陷入什么窘状——餐费总是计入她的账单里，如要付小费的话，也可以这么做。只有一件事例外。她的房间钥匙在手提包里，所以她就把自己锁在门外了。但此事也没什么难办，旅馆总是在前台放置了备用钥匙，以防这类不测之事。

于是她在前台前止住了脚步，她难得这么做，因为她从未有什么信件或留言之类需要接收，可是，让她感到吃惊的是，接待员拿出一个没有封口的信封交到她手上，信封上写着她的名字和房间号码。

那是一张表格，请求捐款给一家多发性硬化症慈善基金会。她抬头看看邮件架，可以看到在每个邮件格里都放进了相同的信封。这些信封都呈均匀的白色，仿佛被一场斜卷过来的暴风雪刮过了一般。

在信封的反面封盖上，半是打印，半是手工地填写了一行字："敬请将此信封与您的捐款交给您的楼层管理员，理查德·费尔菲尔德太太，701房间。"

马德琳获得了她一直在寻找的东西，她一眼就看出了其价值。她拿着那封信上楼了，用应急备用钥匙进了房间，从再次拿到的手提包里取出二十五美元，塞进了捐款表格信封里。随后，考虑到如能获得理查德·费尔菲尔德太太的好感，并赢得她的信心，这对于达到她的目的尤为重要，她又增加了二十五美元，使得她的捐款总额达到了非常慷慨和令人印象深刻的五十美元。

她没把信封封上口，这就能让理查德·费尔非尔德太太毫无阻碍地几乎立刻就能发现她的慷慨捐赠，最好是她还在场。随后，她轻轻地拍拍头发，下楼去710室。她敲敲门环，过了一会儿，一个奇特地综合各种类型特点的人站在她面前了。此人既是年轻的老人，又是老年的年轻人，身上混合着特殊的超龄轻佻和活泼的贵夫人气质。她的定论不对，这太太的一种气质并未掩盖另一种，银灰蓝色的头发烫成波浪形，三股线穿掇连起的几颗珍珠颗颗都有芝克莱特牌口香糖那般大小，虽然显得太大了，却是地道的真品。绘有某种图案的服饰上既有绸缎，又有花边。甚至她手指夹着的香烟也是插在翡翠短烟嘴上的，自打罗斯福第四个任期也就是她孩提时代起，马德琳从未见过有谁这样的。这太太完全不像现实生活中的人，似乎是从《纽约客》杂志的连环漫画里走出来的人物。马德琳几乎要低头朝她所站地面上看看，能否找到一个画面上的签名了。

"请问您是理查德·费尔非尔德太太吗？"马德琳微笑着问道，"恕我冒昧，亲手把这送来，因为我——"

"查默斯小姐，"理查德·费尔非尔德太太说，她刚从信封上读到了姓名，"您好。真感谢您。"

马德琳的策略已证明是考虑周到的，现在获得了可观的回报。

理查德·费尔非尔德太太已经设法轻巧熟练地弹出信封里的钞票，数过了，却又似乎没干什么，仅靠指甲上的功夫，颇似一个老练的玩牌者，抓起合拢的牌对着自己，指尖极其轻微一动即已扫描过手中的牌了。

骤然之间，马德琳感觉自己高度得宠了，高到超越诚挚的程度，几乎是激烈的热情之状。费尔非尔德太太对她咧嘴一笑，简直如闪电般的耀眼，她那口牙齿肯定代价不菲。"进来聊一会儿，好吗？"她邀请马德琳。

"如果我没占用您时间的话。"马德琳带着歉意地说，可已经边说边移步向前了。

"我在等我丈夫带我去听一场小提琴独奏音乐会，"她们坐下时，费尔非尔德太太告诉她，"但他迟到了。他好像总是在这种事上迟到的。"随后她又有点顽皮地加了句，"有时我免不了会瞎想的。"

马德琳对周围环境不感兴趣，她不是为此而来，所以她根本没去注意。但她无可避免地得到了一个有点模糊、毫无中心点的印象，她置身于周围华丽装饰之中，而且至少有个细节明显突出：一幅大大的费尔非尔德太太肖像油画，二十五年前的。无可挑剔的美丽，但又无可挽回的过时了，因为三十年代初期独有的偏平发式，总是头上一边头发远盖过另一边，颇似男人们的发式。马德琳是从看过的电影里辨认出来的。

费尔非尔德太太已经看到她眼看着墙上。"我丈夫坚持要我那样坐，"她很自得地说，接着她又解释起来，口气活跃，"不是这幅。是更早的一幅。我也忘了是哪一幅了。"

她想让我知道她结婚不止一次了，马德琳心里明白了，所以，恭维她曾经对男人极具魅力是不会失误的。任何人都可以结婚不止一次，她心想，只要遇到了难以相处的性情，分手再婚就是了。

"我曾经有一两次从远处见过你进进出出，"费尔非尔德太太对她说了实话，"我问大家，'那个可爱的姑娘是谁？'好像没人知道。没人能告诉我有关你的事——"

"其实没什么可说的。"马德琳低声说。

"——总是独自一人。从来没个年轻男子陪伴。哎呀，我在你这个年龄时，我简直不敢伸脚踩下去，生怕踩到了某个年轻男子呢。"

她是想让我想象那些男子总是跪在她周围，卑躬屈膝的情形呢。

"我对他们没什么兴趣，"马德琳干巴巴地说，"他们好像总是在那里，成为背景的一部分了。我觉得是理所当然的。"

一丝真正的恐惧神色掠过费尔非尔德太太那张白净的脸。她即刻放下了这个话题，无论如何，这正是马德琳原先希望的。

"我没指望大多数人会亲自把捐款送来的。"她说道。

"我估计你希望确认我收到了。"

"这只是部分的原因，"马德琳说，"我突然想到，除了我能捐赠现金外，我也可以为慈善事业做点什么。"

"你是什么意思呢？"

"我想我也能招徕捐款的。我敢说并不是市里的每幢楼都能幸运地有个志愿者去分发信封，收集捐款。我可以跑跑其他的大楼，对大家说说有关多发性硬化症的情况，看看他们是否会愿意捐款。"

"那太累人了，"那女人说，"如果你就留下信封，你从不会得到回音。而如果你在现场反复劝募的话，你会反复遭到拒绝。总之，那是极其浪费时间的事。"

"那是我的时间，"马德琳平静地说，"我不在乎浪费时间，只要是为了好的慈善事业就行。"

"我不知道。我没有得到授权，可以委派你做某个大楼代表或者这类事务——"

"给我一些资料和募捐信封就可以了，"她建议，"我不必需要任何正式身份。募集到的任何款项我会直接交给您，您可以和您募集的款项一起上交。"

那女人想了一会儿。然后，她突然摇摇头。"我会登记你作为志愿者，"她说，"这有点不太符合规矩，但还是这样办的好。"

一个小时之后，玛德琳的手提袋里放着一叠募捐信封，她站在莱恩大街的人行道上，就在那个登记为维·赫里克的地址前。

那是个经济型小公寓楼，没有富丽堂皇的装饰，外表有点陈旧了，但保持着总体上的体面。它比二十世纪早期的无电梯公寓要新一点——她能看到一个自助服务的电梯停在门厅里，电梯门敞开着，电梯笼子比文件柜宽不了多少——但一点也不现代。它的建造年代，她估计，可能是在接近珍珠港事件之前的时期，那时的建筑都偷工减料，因为资金短缺，租金便宜。很有可能，在控制措施实施之前，这幢楼的建造恰好挤进了最后期限，那时所有的私人建造都冻结了，而战争时期的工人从全国各地大量拥入此地，恳求，行贿，争夺他们能得到的每一英寸住房空间。可今天——谁还要这种房子？

她走进了底楼门厅，指示牌表明，赫里克家的房门是她左手边第一个。什么地方传来一阵奇怪的振动，就像铆接机发出的那样，但她无法辨别出振动的来源。她取出募捐表，深深地吸了一口气，但没那么夸张，然后敲了敲门。什么回应都没有。她又敲了敲。还是什么回应都没有。倒是听到一声吼叫，随即消失了。

她注意到门边有个小小的按钮。她刚才没看到，直到现在才发现，某个无名但认真（抑或醉醺醺的）油漆匠，把它漆成了灰绿色，和他油漆的四周木制门框一样的颜色。

她按了一下，没听到什么声音，但最终还是有用了，实际才不过一分钟左右，门开了，一股有上百个嗓子吼叫的嘈杂声洪流般倾泻而出，轰然直击她的耳膜，其冲击力和突发性几乎把她击倒在地。夹杂其中有个男人的尖叫声逐渐远去，仿佛是被脱缰野马撕裂一般:"——飞进场地左边后面的露天观众席了!鲍勃·艾伦,二十三岁,来自得克萨斯州的左撇子!"

就在附近,另一个男人尖声高叫:"干——掉——他——们,别说他们很烂!"

那个女人朝外看着马德琳,她衣着有点邋遢,但她宽大和善的脸庞上满是和蔼可亲的神色。显然,她已经变得习惯于难以测量的高分贝噪声了,而这高分贝噪声也不再影响她的平静了。她手上拿着一瓶橘子汽水,另一个手里捏着一只开瓶器。马德琳从她那愉快地上扬的嘴唇上读出了"有什么事吗?"的意思。

"您有兴趣向多发性硬化症慈善基金会捐点款吗?"马德琳说得飞快,"无论捐款数目大小,我们都将感谢您。"

"我听不清。"那女人叫喊道。

"多发性硬化症慈善基金会!"马德琳也吼叫着回答。

"还是听不清!"那女人尖声喊叫。

马德琳无力地垂下两手。"我喊不响了。快喊破喉咙了。"

"等一下,"那女人说,抑或只是她嘴唇形成了这样的口型而已,她转过头去,"文斯!"

"第一个球。"传来一个声音沉闷的应答。

"文斯,我对你说话!门口有人。把音量放低一会儿,我可以问问她什么事。"

这次一个有点委屈的洪亮男中音穿透了噪声阻碍。"第九局开始了,双方都得了五分,两人在垒,紧要关头,可她却要我关低音量!"

可马德琳不想再等了。她轻轻地但坚决地又把门从外面拉上了,离开了。

这是个地下室,配置了家具,就在她从人行道上的入口往下走进这个地下室对面的封闭空地时,一股不祥的预感笼罩着她。她甚至停了一下脚步,半转过身似乎想返回到地面的人行道上去了。然后,她还是克服了迟疑,走了过去,来到小门廊下褐色砂石的拱形门道,伸手按了门铃。她能听到微弱的铃声,从房间深处的什么地方传来。如果因个人风险的缘故要阻止她的话,她对自己说,那么她一开始就不该踏上这个冒险历程。一路上,随时会有各种危险,在所难免。危险预计会有。曾有牵涉到德尔·尼尔森那件事的危险,她还不是安然通过了嘛。

地下室铁栅栏门后有个灯泡亮了,但光线暗淡,一个男子出来了。

她很不喜欢他们之间这个铁栅栏门制造的阻隔效果。这有点让人想起监狱,禁闭,约束,她可无法细加辨别。危险,就是它了。这有点隐喻着某种潜伏的危险,仿佛你正面对着一个人,而他却在回避你,这对他有好处。

他的面容并无让她不适之处。他脸上没有丝毫的恶意,脸上有深深的皱纹,并非年龄所致,而是由于筋疲力尽的经历。但他脸容整体呈冷酷坚忍的神色,既不恳求宽恕,也不寻求报复。

他不修边幅。一件皱巴巴的衬衣,领口敞开,一件毛线套衫亟待干洗,一条肮脏的宽松长裤缺乏熨烫。今天他没有刮脸,即便他昨天刮过的话。他的头发是浅棕色的,又长又密,略带鬈曲。他的眼睛是深褐色的,仿佛见识过许多它们不想见的事情。

她内心有种感觉告诉她,即使他不是她要寻找的人的话,那么,他也比她见过的任何人都更像一些。

"什么事?"他简短地问。

"您是否愿意捐款给多发性硬化症慈善基金会?"

"为什么他们不能哪天也为我设立个慈善基金会?"他闷闷不乐地说,"让我也可以享受一下啊。"

"哦——"她结巴了,"不是这么回事。事情是——"

他伸出手来,打开了栅栏门。"你想进来给我谈谈吗?"

对于这种邀请,连十七岁的新手也会出于怀疑而退缩不前。但它也并非刻意或精明地被提出的。它没有保证过什么安全之类的事,即使连肯定要食言的虚假允诺也没有。她甚至看到他向她身后瞥了一眼,似乎要看看是否附近还有其他人。

不知怎么,他这个率直的手法并未起到赶走她的作用,反倒勾起了她的兴致。就是这种男人可能会催发他妻子要他死的愿望。也许诸如此类的事也曾发生在斯塔尔身上。换言之,对其他人而言,他娶斯塔尔的时候，她只得站立一边，旁观而已。他具备了强奸惯犯的一切特征。

"您是赫里克先生吗？"

"我是赫里克先生。"

"赫里克先生，我们总部有一份我们要拜访的名单。您是我今天要拜访的最后一位，"她直截了当地说，"所以，如果我事后没去汇报的话——"

"有什么事让你事后不去汇报？"

"没什么——到现在为止还没什么事。"

他俩眼睛对视了一会儿，各人都试图占据上风。然后他的目光避开了，偏向一边。随即他的目光又看回来了，但她的目光已经赢了先机。以此，她走过他身边，进入了地下室的门厅。她没有扫视周围就知道他已经伸手重新关上了铁栅栏门。"我在这里时，"她说，"您不介意把门开着吧？"

他嗤之以鼻，笑了一声："你不会那么急着离开的。"

这房间大致如她预料的那样。一个下垂的轻便小床靠墙放着，他睡的。几张木靠背椅子，不知是否稳固。桌子上有一支引燃的香烟，正在慢慢朝烟尾外燃去，似乎要在周围几十个烟燃痕迹处再增加一个。一个轻便煤气圈挂着一个喷嘴，放在一个架子上。一堆镀铜啤酒罐呈两种状态，或立或倒，这意味着满罐或者空罐。墙上挂了一个月份日历，但年份不对，最后一页从未撕掉：1960

年12月。昨天的报纸和前天的报纸都没扔掉。上个月的杂志《男士》也是如此。墙上月份日历的对面有一幅照片，一个头戴花盆式头盔的士兵，旁边一个姑娘头倚靠在他肩膀上。

房间里几乎别无他物了。

生活，她意识到，就在这样的房间里度过。一些人就这般生活着。

但还是另有一样东西，不知其涵义，吸引了她的目光。在一个角落里有根竖立的水管，从地上一直延伸到天花板。旁边是一只小型蒸汽散发器，上面着钉了一块锡皮。蒸汽散发器上面搁着一个活动扳手。她注意到这根竖立水管有点奇特，起初她没有辨别出来。竖立水管上似乎有个金属领圈似的东西在某一处围裹着它，从那里悬挂着一根短链，在其尽头又是一根金属圈或者金属箍。但这个金属箍一头松开，并未围裹着竖立水管，而是垂挂一边。

蓦然，她明白了这个复杂设计的物件是什么了。那是一副手铐，一个固定在水管上，另一个呢，松开的手铐呢，派什么用场？她不禁内心一阵寒颤。

"你要我捐多少款？"他问道，手伸进挂在钉子上一件发霉毛线衣鼓鼓的口袋里。这是件长袖外套毛衣，但两个肘部都露出了大洞，向上翻卷起。

"就捐你觉得能够承受的数额吧。"她说，随即，因这是个绝好机会，她顺带问了句，"您结婚了吗？"

"到此刻还没有。"

开始越来越有进展了,她对自己说。

他递给她一张五美元的纸币。"给,"他有点不太情愿地说,又复述了一句古老的俏皮话,"别说我从没给过你任何东西。"

"但你肯定能节约出这钱捐款吗?"她无法拒绝再次环视了一下这肮脏的房间。

他发觉了她的环视。"别为这担心,"他说,"钱我有很多了。无论如何,足够生活了。我有退伍军人伤残退休金。"

"噢。"她说着,看了看他。他似乎不受影响。

"我在战争中受了伤。卡拉什么的,我想就是叫卡拉。那是个岛。"

"塔拉瓦,"她有点不耐烦地说,"您在那里可您却不知道那个地名。我们在高中都学到了。"

"我们快死了,不是在学习地理,"他温和地反驳她,"尽管如此,我还能看到它,"他有点伤感地继续说,"就是在大海里突出的一小块鬼地方。真不知道日本人为啥要它,或者为啥我们非得从他们手里夺走它。一想到所有为小岛死去的伙伴我就心里难受,那些小岛从来对任何人都没啥用,永远不会。"他的目光直瞪着她,"许多男孩死了。"他说。

"我知道。"

"他们都很幸运,"他说,"这你也知道?"

"什么意思?"

"我的意思是还有比死更糟糕的事,但我没指望你会相信。"

她想起了斯塔尔,临死时的样子,想起了她自己,过着幸存下来的生活。"我相信。"她轻声说。

他似乎没听到她的话。"塔拉瓦,"他说道,"伙伴们要么在那里失去了手,要么失去了腿。离开时要么眼睛瞎了,要么耳朵聋了,或者神经失常了。他们也算幸运的。没那些死去的幸运,但比有些人幸运。"

"您怎么能这么说呢?"

"因为我没那么幸运。"

她瞪了他一眼。"您有手有脚,"她说,"能听能看。究竟是什么让您觉得是塔拉瓦岛上最最不幸的人?"

"你知道公牛和阉公牛之间的区别吗?"

"不怎么清楚。阉公牛更大点,是吗?也更强壮点,我猜。"

他坏笑了一番。"你一定是个城市女孩,"他说,"一个农家女孩马上就会想到了。那么公羊和阉公羊呢?公鸡和阉公鸡呢?"

"我——"

"还有公马和阉公马。什么区别?"

"您是不是说——"

"我没说什么啊?当时我们在巡逻。不知从哪里,一个日本人向我们扔来一颗手榴弹。我的好友扑了过去,想把它扔回去。手榴弹就在他手上炸了,他死了。幸运的混蛋。"

"而——"

"而我的两手两腿还有视力和听力都保全了。我所失去的是成为男人的东西。"

"上帝啊。"她吸了口气。

"我回来后,我妻子抛弃了我。我不怪她。她本来会站在我身旁,即使我撑着拐杖,即使我眼睛瞎了。她是个好妻子,但她有权拥有一个丈夫。"

她仔细看了看墙上的照片。头戴头盔的士兵,那姑娘从他肩膀上崇拜地仰望着他。那么,那不可能是斯塔尔了。塔拉瓦战役发生在1944年。可或许斯塔尔后来出现了,毫无戒心。谁又知道这根可怕的止血带以后会变成什么呢?

"开始有一小段时期,还没那么糟糕。我出去约会就像我结婚之前那样。许多的约会。许多的女孩。有的女孩想结婚,也有的女孩只满足于眼前。但是总会有某个夜晚你们两个单独相处。我曾经撒了各种谎言来掩盖自己。"他悲哀地笑笑,"我甚至对一个女孩说,我有传染病。"

"那她怎么说?"

"她说她不在乎,别让它阻止我,因为她自己也有传染病。"

他走过去,从洗脸盆旁不知哪里拿起了一个扁平的褐色玻璃瓶,她没看清是从哪里拿的。"我不知道是否可以请你喝一杯?"

他说得毫无把握。

"那可能只会招来麻烦。"

"麻烦?"

"对我的麻烦事。而我的麻烦也等于您的麻烦,"她冷冷地说,"您知道的,对吗?"

即使他的回答也堪称完美——针对她的询问,"现在应该是吧。"他说着沉重地叹了口气。

他把瓶子倾斜了一点,用牙拔出瓶塞,紧紧咬在上下牙齿间,让一些酒从瓶塞旁灌入口中,然后再塞上瓶塞,仍然只用牙齿效力。她从未见过这般的饮酒方式。

"逐渐开始的,坏的部分。我发现自己开始动手打她们,有点粗暴,对她们动粗,挥拳揍她们。有一两个居然能忍受,但忍受不了多久。她们大多逃走了。以后,偶尔拍打拳揍变成了家常便饭。一天晚上,我狠揍了一个女孩,我得对她泼冷水让她醒过来。我拿钱塞在她手里,我手头所有的钱,我吻了她,又把她打跑了。她没有指控我,但自那以后在街上一看到我就逃走了。"

她厌恶地看他一眼。"你憎恨她们是因为发生在你身上的事。这就是你动粗的原因吧?"

"不,不,你曲解了我的意思。我这么做只是因为我爱她们。我无法像其他小伙子那样表示我对她们的爱。可你又必须得表现出来,表达出来,这感情还得表现出来,没法克制。我只能通过拳头用暴力来表示。这是我的爱抚方式。这是我唯一能得到平静和满足的方式。我没有其他方式能让我走到底了。"

就是这个人了,她冷酷地对自己说。他就是那个人——认识斯塔尔的那个人。

"但我知道不会就此罢手。我知道早晚我会杀了她们中的一个。"

"杀了吗?"

他的回答简洁得令人毛骨悚然:"还没有。"

"为什么你之前不去治疗?在殴打发生之前?"

"没有治疗方法。也许你还没有真正理解我。这不是精神上的毛病,不是精神病医生能治疗的。开始时我做了所有的检查,他们觉得我正常。这是身体上的残缺。就像断掉的手臂那样。只是,断掉的手臂还能接上,这个不行。

"那是哪一年了?"他转换了话题,问道。

"1961年吧。"

"那就说明我的记忆没出问题,"他自我辩解,"只不过我有时会忘了。我去塔拉瓦打仗时才十九岁。那就是说我现在还只有三十六岁。在三十六岁你还要一星期一星期地活下去,让人烦躁不安。你不会知道这些的,可你又知道了。"

她低下头,一时有点莫名其妙的感动。

"你想出去走走,重新成为这个世界的一部分,这个世界你曾经知道的。你看到其他小伙子带着他们的女孩子。你也想有个女孩。这没啥下流,也没啥不健康的想法。这再也正常不过,再也自然不过了。可那就麻烦来了。"

他拇指朝肩后指指。"看到后面的那根竖立的水管了吗?"

"我刚进来时就注意到了。"

"我建立了一个系统。你要知道,就像一个防火系统。这幢楼的主管是个挪威人,他的名字叫詹森,强壮得像头公牛。他的房间就在这楼上。他曾经在这个地下室住过,我来了以后他把这个房间移交给我,自己住楼上去了。你瞧,他喜欢我。他的儿子和我在战争中是好友。喔,有天夜里我们在拐角处喝了几罐啤酒,我对他谈起了此事。我真害怕要是事情一直这样下去,我最后会有大麻烦的,或许甚至会杀了某个人。

"所以我们装配了这个玩意,就我们两人知道。每当我变得烦躁不安,知道自己会出去闲逛时,我就用那个扳手重重地敲打水管,他会下来阻止我出去。他会坐下来,和我打牌,再喝点酒。等我开始想睡觉了,他就从外面锁上门,回到楼上去了。第二天就一切都过去了。"

"那手铐派什么用场?"她不假思索地问。

"偶尔我不听道理。"

他开始动手点烟,却又停了下来,火焰在嘴唇前燃着,告诉她:"要是我开始逼迫你太过分了,记得拿起那个扳手,拼命敲打水管。"

"那没必要吧,"她有点紧张地说,"因为我要走了。"

她从那个摇摇晃晃的椅子上站起身来,自己没注意到已经坐了很长时间了。她转身走到门前,转动了门把手。

门把手很乐意地转动了,可门打不开。

"你想干什么,锁门了?"她尖锐地问,"别干这种事!你最好打开门,如果你知道什么是——"

她最后看到他时,他站在桌子对面,有相当的距离,两手抱着,对着下巴,火柴光一闪一闪,照得他的脸就像黄色的蜡笔画。猛然之间,她还没来得及转过头,面对他说完警告,她就感觉到他一只手抱住了她的腰,随即另一个手从她肩上伸下去,两手抱住。他的脸在她的另一边肩上紧紧贴住她的脸。她能感受到经常刮脸的粗糙皮肤,生硬得像纸板一般。他沿着她脸颊不断地吻她直到她的嘴唇。

起初她并未感到害怕,只是愤怒不已。但当她发现自己无法动弹,扭动或挣扎也不行,他的搂抱坚如铁,硬如钢,程度足以让她受伤,此时她害怕了,一阵寒意袭来,恶心不已。她不断提醒自己别惊慌失措,别丧失头脑,这是你能做到的最糟糕的事了。随后,瘫软下去,让自己瘫软下去,他本能的反应可能会松开搂抱。

她让自己的膝部下沉,尽管上身被抱得紧紧的,无法一起滑下去,她就把自己全身重量压在他身上,有效果了。他的两臂条件反射似地松懈了,她就迅即弯下身,钻出来,再起身站到他手臂外面了。

他离门太近了,封堵了门,所以她就原路逃回房间,回到大圆桌的后面,他原先就站在那里。

她气喘吁吁地说,仿佛是耳语知心话一般:"别动!住手!"

"你在这里的时间太长了,超过了你的安全限度。我会为此报警逮捕你!"

他又一次冲她过来了。她试图朝他掀翻桌子,但桌子底座太大了,难以倾翻。随即她记起了他说过有关扳手的事,便逃向那个角落,拿起那个扳手,抡起来,以长长的弧形猛击竖立的水管,声响令人震惊。声响具有黄铜质地,刺耳响亮,回响声穿透了他们头上高高的楼房,又沿着水管逐节逐节地反射回来。

她只来得及敲了一下,他就扑上来了,太快了。她便把扳手对他扔去,击中了他,只是打在他举起来保护脑袋的手臂上。他再次用手臂圈住了她,这次是正面,不是背面,她能感觉到他呼出的热气吹动着她的头发,就像一阵阵恶风。她试图用尖锐的鞋尖踢他的脚腕,她踢了,但伤不了他什么,他根本没有后退,距离太短了。

他撒谎了,她狂暴地心想,他说那人会来的。

"我只要一点爱就行,"他哄骗道,"就一点点爱——"

她看到了事发前他才点燃的烟,依然平稳地放在桌子边上。她便极力伸出一只手去拿他背后的烟,但只差一根手指的距离,因为她只能用前臂，上臂被他的上臂紧紧压住了。她猛然朝前一推，而不是像刚才那样的抽身后退。他没料到这股冲劲，只得后退几步以保持身体平稳。她弯曲的手指抓起香烟，燃烟的一端猛地戳进他的耳孔里去了。

他没叫喊，但像个弹跳的皮球，一下子跳起来，松开了她。他的脑袋向一边弯去，仿佛脖子折断了，不断地用一只手敲击耳朵，脚后跟在地板上跺了两下。

随即，她还没来得及明白即将发生的事，他手掌朝她抡起，狠狠地掴了她一巴掌，那一掌掴在她整个半边脸上，从眼眉到下巴。那疼痛倒没那掴的劲那么大，或者，至少她还没来得及体验。她倒向小床，肩膀倾斜着，滚了过去，摔了个完整的跟斗，站起来立在床脚边，但她伸出了一只手臂阻止了自己的倾倒。

她看到他从地上捡起了她之前扔过去掉落的扳手，一时间，她想他要用扳手向她进攻了，但她还没来得及移动或采取任何自卫行动，只是脚下收紧两腿，略作防卫，只见他拿着扳手转身朝另一个边走去，他"砰砰"地敲击起竖立水管了，不是一下，而是紧迫地连续敲了三四下。

随后，他把扳手扔得远远的，坐到椅子上，低着头，两手抱着。不是由于疼痛，也不是由于后悔。

此时房间已经一片宁静了，一阵半跑半走的脚步声从外面走廊传来，一把钥匙开始打开房门。他们两人谁都没动。他们都情绪上疲惫不堪。他们也没再看对方一眼。

一个身体魁梧强壮的男子，头发黄白色间杂，一脸震惊地走了进来。他脖子粗短，手臂粗壮，肩膀宽厚，斜纹粗棉布工作衫下腹部鼓起。他戴着一副造型特别的眼镜——不是方形就是八角形——使他具有和善朴实的奇妙外表。

"这里发生什么事了？"他责问，"维恩，你在这儿忙什么事？"

"结束了。"坐在椅子上的这个男人冷淡地说。

年纪稍大点的男人走过来，站着打量着马德琳。

"他对你干了些什么？"他说，"你脸整个这边都红肿了。"

"他掴了我耳光，"她说着，开始由压抑的紧张转而哭泣，"这一生中，从来没有一个男人打过我耳光。即使我父亲也没打过。"

"你在干什么，这么长时间才来？"椅子上的男人指责说。

"我在楼顶上敢活（干活）。"主管说。

他扶马德琳站立起来，用沉重却是善意的手拍掉她背后衣衫上的灰尘。"嘘，嘘，"他安慰道，仿佛在对一个小孩说话，"现在没事了。你想喝水吗？我给你去拿水吧。"

她突然停止哭泣。"我不想喝水！"她愤愤地说，"我要离开这里。"

"好吧，走吧。"他说得很实在，"门开着。没人拦你了。"

她走过去，站在门边，但没离开。

詹森已经在关心赫里克了，没再注意她。

"站起来,"他生硬地说,"站起来,过来。"但她听出了生硬之中的父亲般语气。

"我现在很好。"赫里克很听话地说,抬头看着他。

"也样(一样),你就照我说的去做,"詹森坚持着,"过来,坐这儿。"他拿起赫里克刚才坐的椅子,搬过去靠在水管上。然后他搬了个桌子靠在水管上,不是房间中央的那个大圆桌,而是靠墙放的小桌子,没油漆过。他拉开了小桌里一个浅浅的抽屉,取出一副油腻腻的扑克牌。"我们打几手牌吧。"他说着,拿过另一个椅子,就坐在桌子旁,对着赫里克。随后他从胸口的口袋里掏出一个小细绳烟草袋子,也放在桌子上。

"我们最好还是把它戴上几分钟吧,"他说,"安全起见。"

赫里克乖乖地伸出手腕,詹森抓起打开的手铐给他套上。随后,他开始发牌了。

马德琳看着这一切,简直不敢相信自己的眼睛。"他是个邪恶的家伙!"她突然大叫道,"不该放任他,这种人。他是危险分子。一个疯子。"

詹森凶狠地转向她,仿佛她才是罪犯,而不是这男人。

"他不是疯子。"他厉声说。

"不是?好吧,那是什么行为,他殴打妇女——"

"他只是不幸运,就这些。噢,去找警察吧,你要是想这么做的话。去吧,让警察把他抓起来,要是这样能让你感觉好点的话。"

她咬咬嘴唇。"因我个人原因，碰巧和此事没关系，我就不打算这么做了。但他不会这么轻易地逃脱惩罚，如果再敢这么做，对其他人的话，我告诉你吧。"

"你也和他一样该受指责，"他告诉她，"你不必进他房间的。你很清楚。你不是孩子了。"

"你为什么这么乐意为他辩护？"

这次他用力挥了下手，语气激烈。"他救了我儿子的命。当我儿子躺在那里，毫无指望，不能动弹，一条腿踩上了地雷，他用自己的身体护住了我儿子。当时他可没停下来问问题，对吗？他没有停下来争论这么做对还错，对吧？为什么我现在该保护他？幸亏是他，哈拉尔德才有今天。他已经是旧金山的成功商人了。他有了一个可爱的妻子，三个漂亮的孩子，一个好房子，还有车。这都是因为你叫他'疯子'的这个人。我是个穷人，我努力工作，但我有良心不安——"

他很可能想说道德的，她推测。

"我只知道一件事。你亏欠了，就该偿还。有人对你行善，你要用善行回报。"

赫里克在整个对话中一直两眼低垂。

"有多少喝醉酒的丈夫回家打他们的妻子？又有多少嫉妒的情人粗暴对待他们的心上人？"

"尽管如此，这并不等于说他是对的。"她辩解说，但语气稍减。

"没有,这并不等于说他是对的。他和我都知道。所以我们之间设置了这个信号。"

"那么时间呢?一次就足够了,如果他失控了,他没发信号,他就会离开你吧?那个时刻一定会来的。你也知道一定会。某个女孩将会付出生命的代价。"

他没回答。只是垂下眼睛。

"那时你还会隐藏他吗?"她坚持问道,"那时你还会保护他吗?"

"我们会知道该怎么办,如果那个时间来了。我们谈过了。我们已经意见一致了。我们会处理的——在我们两人之间处理。记(就)我们两人之间。"

她看到他们之间掠过一种奇怪的神色,她无法解释。这其中有某种东西让她打了个寒战。

他们拿起牌,开始打牌了,但她仍在门口徘徊着,无法勉强离去,尽管他们似乎已经忘记她了。

"你叫他什么,"她问詹森,"你刚走进房间的时候?"赫里克和她之间发生过了暴力冲突,她无意直接问赫里克了。

"他的名字叫弗农。"年长的男子说。

"他妻子叫什么名字,就是那个离开他的妻子?"

"他只有一个妻子,"詹森回答,"玛丽卡。她是波兰人。"

马德琳"哦哦哦"了好一会儿,语气沮丧,非常失望。

"我不怪她,"赫里克说,"她做得对。她当时只有二十岁。那样走了最好,一刀两断,比起和我在一起,又要在我眼皮底下偷偷摸摸的要好。"

他打出了一张牌。

"我对发生的事很抱歉,"他对马德琳说,但眼睛没看她,"我道歉。"

"没关系,"她低声说道,声音几乎听不到,"我明白了怎么回事。"

他突然抬起头来,直接看着她。"晚安。"他有点羞怯地说。

"晚安,"她回答,"谢谢你的捐款。"

事后她忽然想到,在他们之间发生了此事后,那可真是个虎头蛇尾的结束语。

……

某种内在的诚信使得马德琳没有把尚未使用的募捐信封一扔了之。毕竟,有人把这些募捐信封交给她是出于真诚的信任,无论她个人是什么目的。于是,她就在每个信封里塞上几张美元,在信封外填上杜撰的捐赠者姓名,希望可能的话,在交回去的时候别再碰到那个慈善基金会的女人。她可没兴趣再见面了。

她的时间计算有误。由于一个难以防备的意外挫折,她把信封一个个地塞进费尔非尔德太太办公室门缝后,才直起腰来。此刻,费尔非尔德太太就出现在走廊尽头的高台阶上,才从电梯出来,正好看到她的举动。

"你出去跑腿事情完成得怎样了?"她快活地招呼马德琳。

"我才完成。"马德琳呆板地说。

"进来坐一会儿,我们结算一下吧。"

"恐怕我得走了。"马德琳有点犹豫。

"可我得入账,给你登记分数。"

"分数就给您吧,我不在乎。"

"可我们不允许这么做!"费尔非尔德太太喘了口气,吓坏了,仿佛她被人要求参与某个侵占公款罪行似的。

此时,她已打开了门,一只手托住了马德琳的肘部,很有劝导性,马德琳只好随她入内了,暗自为此挫折叹了口气,准备好尽量彬彬有礼地恭听这位女主人大谈她过去在征服男人和婚姻场上的辉煌战绩。

费尔非尔德太太坐在办公桌后做了点少量的账簿登记,又问她是否还需要捐款表格信封。马德琳谢绝了,解释说她已经花费了所有的业余时间,当她想起昨夜在圣·约瑟夫大街的遭遇,一个寒颤在她全身一闪而过。

费尔非尔德太太就像所有曾经美丽的女人一样,过度自恋。"我拍了几张新照片,"她说,指了指堆放在桌上一大叠长方形文件夹,

"我想你会觉得在我这个年纪有点犯傻吧。"

马德琳温顺地说出费尔非尔德太太希望听到的话。"您还没老到不去拍照的程度呢。"

"我的朋友们一直要我——"费尔非尔德太太站起来,从中拿了两张照片给马德琳看。

"我最喜欢这张,"她说,"可我想听听你的意见。你认为哪一张最能表现我?"

"这张。"马德琳闷声说,但她的眼睛没在看照片上的人脸。她在看照片上斜贯右下角的一行签名,用深褐色墨水写就:"维克照相馆"。

"维克,"她问,"是摄影师的名字还是姓氏?"

"是他的名字,"这女人说,"虽说这种拼写有点特别,是吗?结尾带了个'K'。"

"我曾有个朋友也是这么拼写的,"马德琳说,"我想你不一定还记得这个摄影师的姓氏吧。"

"恐怕不记得了。"这女人皱眉想了想,"可我肯定我收到过一张收据,肯定还保留着。我来看看能不能找出来。"

过了一会儿,马德琳手里拿着那张收据。维克照相馆,还有地址和电话号码。在收据底部是签名:维克·赫里克。

步入维克的世界

　　它倒有商务办公室所有的陈设,她从大厅走进去时有点好奇地心想着。先看到一个小小的接待室,有张接待桌,一个女孩坐在接待桌后,要做的文书工作都放在桌上。甚至还有一个对讲机。

　　"我是查默斯小姐,"马德琳说,"我打过电话来预约了。"

　　"噢,是的,"女孩记得,"如果可能的话,您只能约今天的最后一个了。哦,我已登记好了。您先坐一会儿,好吗?赫里克先生一会儿就可以准备好为您服务了。"

　　他在墙上挂了几幅他的摄影作品选样,配了镜框展示。它们给他增光了,她边想着,边看着这些摄影作品。在他这行当里,他可不是一个熟练的手艺人,他是个艺术家。这些作品一幅比一幅更引人注目。

在肖像摄影上,他几乎是个超现实主义者,她对自己说。有一幅年轻姑娘的神态肖像照,令人难忘,一旦你看着它,你就不忍心把目光移开了。他打破了摄影艺术的种种清规戒律,获得了几乎是不可能的艺术效果。灯光置于人物的背后,而不是前面。耀眼的强光,几乎到了爆炸性的程度,几乎像是化学反应一样。他一定有一个光秃秃的大灯泡隐秘地挂在她的脑后。你几乎能看到光线一缕缕地射出,如同太阳隐入一团云雾时发出的那种缕缕光线。结果,她的面容自然就在阴影里,只剩下一个轮廓,一个剪影。然后他使用某种反射物的表面,可能是一块狭长的镜子,从正面聚光到脸容,如此一来,她的眼睛被照亮了,呈现出迷雾般的弥漫状,一条纤细的线条沿着鼻子正中而下,淡淡地勾勒出了她的下嘴唇。仅此而已。这作品犹如黑板上用粉笔画出的脸部素描。像是一张底片,所有的空白处皆呈黑色。然而,姑娘的面容特征却细腻地显出了,略带着某种孤独的情调和对青春的赞叹。这真是优雅的精彩片段,摄影艺术中明暗处理手法的典范。

"她是谁?"马德琳问道,张大了嘴巴。

"每个人来这里时都会问,"女孩笑笑,接着加了一句,"您能猜到吗?这可需要真正的爱情才能创作出如此的作品啊,不仅仅是摆弄照相机的技巧。这是他的妻子。"

难道那就是靠在我胸口合上的同一双眼睛吗？马德琳思忖着。难道那就是我看着她逐渐死去的那张脸容吗？那双眼睛，她想她现在明白了，仿佛已预知死神的来临，正注视着它从遥远之处而来，正等待着，等待着……

"这幅作品可以在任何展示中轻松获奖，"那女孩正在说着，"但他无意展示。我听说有人想收购，他只是瞪了他们一眼——"

"这是她的真实形象吗？"马德琳问。她的意思是，在现实生活中，在她被子弹击倒之前。

"我从来没见过她。"女孩回答。

"那它不是在这里拍摄的吗，在摄影棚？"

"他一定是在家里拍的。要不就是在其他地方。他有一天把这带来了。你要知道，他们已经分手了。"

"噢。"马德琳说。

"我有点明白了。"每当女性提及爱情时总会萌生出女性典型的意气相投，所以她接着以知己的口吻，吐露了些许秘密，"一天早晨我来上班，发现他就睡在这儿的椅子上。就那个椅子，面对着这幅作品。他整夜都没回家。烟蒂都积了几十个了。在一个小空瓶里。他把灯罩倾斜一点，这样便可直接照射在作品上。整夜……"

她同情地摇摇头。

"我装作没注意什么。可那样很难。虽然他不再这么做了。可以在家里这么做，我想。"

马德琳垂下眼睛，若有所思。

那女孩说，"他会随时为你拍摄了。您进去前要先补补妆吗？那扇门背后有个小化妆室。我想您需要的东西都有。"

马德琳站起来，走进去了。

那里有一张长长的梳妆台，配上了相同长度的镜子。台子上有许多瓶子，如头发增光剂之类的。

她取下手表，放在台子上。随后她稍稍梳理了几下头发。接着她从开口的镜面盒子里抽出了两三张克里奈克斯牌面巾纸，盖在手表上。她站起来，朝门口走去。她回头看了一眼，还能看到手表有部分露出。她又回来，重新安排了一下，这样就把手表遮得更好点，完全盖住了。然后她走出去了。

她预约在今天最后一个，没人会再去那里了，只有那个女孩，去锁门，关灯。马德琳希望她是诚实之人。不管怎么说，她已经有个手表了，马德琳已经注意到了，因此更安全了。

"您可以直接进去了。"女孩说。摄影室的门现在正敞开着。

马德琳走进了门，有个男子站在那里看着她。

这是他们第一次互相看到对方。第一次他们的目光相遇，互相看着。第一次在这个世界上。杀手和将要被杀者。

起初，她只有关于他的总体印象，概括性情况。平面的，没有深度。没时间做别的什么事了，她的感官太过于全神贯注于和他的实际见面，以至无法站立一边，仔细地研究他。他脸容清秀，不英俊但和蔼可亲。骨骼结构比例恰当，下巴没有松弛，或诸如此类的状况，否则倒是平凡乏味了。他头发呈浅棕色，但仍未到亚麻色的程度，有点卷曲。眉毛稍黑，眼睛更黑，显得既有智慧，又很敏感。身高约六英尺，身材不强壮却很匀称，稍稍偏瘦。转瞬间，他开口说话了，声音较轻，语调不高，没有本地方言口音，具有美国东部沿海家庭必需的良好教养。

总之，你很容易喜欢上此人——如果你不必杀他的话。

"您很漂亮，查默斯小姐。"他开口说道。

她能感觉到，此话只是客观冷静的职业性表述而已，并非出于私人喜好。

"您很可能已经知道了，"他补充说，"其实我对您这么说并无多大意义。"

"知道，"她简洁地说，"如果不知道，不是傻瓜就是撒谎。"

他快速地看了她一眼，仿佛他喜欢此言，觉得它别具一格。

"那是您妻子吗？"她问，"她也很美丽。"

"那女孩已经告诉过您了吧。"他平静地说。

她沉着地接受了挖苦。"我只是想确定一下。"

他回答了她起先的问题。"是的，她是，"他承认，"斯塔尔非常美丽。"

终于是了，她暗自狂喜，在心理意象里她攥紧了拳头，但又放下了。现在，经历许久之后终于找对人了。不会再搞错了，也不会再虚惊一场了。不再有喧闹的棒球迷了,不再有可怜的战后被遗弃的人了。终于找对人了。这个斯塔尔曾与之结过婚的人就在她的面前。

"我觉得我喜欢您坐这儿,"他说着,移动了一下靠背转椅,"我将只拍摄脸部和颈部。"

他围着她走动,不断地调换,调整各种屏风和反光板,每个步骤明确肯定,清楚他想做什么。

"放松。您可以两腿交叉如果您想的话。我要先做几个初步的灯光测试。"

"我不知道手该放哪里。"她承认。

"您想怎么放就怎么放。手不会拍进照片里的。噢,这里有个东西我有时会用一下。"他把一支普普通通的铅笔塞到她手上。"拿着它随便干什么。玩弄玩弄也行。只是让您的手放松一下。有时候这会影响到您的肩膀线条,甚至颈部。"

他按了下什么开关,几个反光板投射出耀眼的光线,照亮了她全身,亮如镁光灯。

"别眨眼。一会儿就会适应了。"

他稍减了点光色。

他熟悉业务,里里外外,她心想。

"很高兴您没戴珠宝饰件,"他说,"珠宝饰件会分散注意力,抢走脸部的眼神,而眼神应该是照片的中心。"

她想到了手表。在她设法走出摄影室之前,她希望那女孩不会太早去化妆室。

"朝这里稍转一点。您看到那里两堵墙中间的上下连接线了吗?眼睛就朝那里看。不,那太空白了。想想有什么事有点迷惘。行吗?有点困惑,有点神秘的事。"

"迷惘?"

"我能获得一个绝妙的眉毛线条,就那样眉毛稍微上扬一点,我没其他办法可以获得这个效果。我这儿有个模特儿,一天她告诉我说她算术很糟糕。我让她做深一点的乘法表,您知道的,乘以十三,乘以十四,结果我获得了她眉毛特征的最佳效果,成就了她的整张脸。大多数人的眉毛太直板了。"

她在想:要杀掉一个你并不憎恨的人真难啊,尤其是替别人去恨他。

"那可真是个出色的表情!"他满意地惊叫,"我见过的最出色的表情之一。"

"您什么时候给我拍摄呢?"她问。

"我刚拍了,"他温和地说,"那个表情太好了,不容错过。您会拿到一幅非同寻常的照片。"

他又拍了她几次,变换着不同角度,然后结束了。

"谢谢。"她说。她伸出手来,不为别的,只想试试他手上的握力。

他的握手诚挚,温暖,坚定。

一个诚实直率男人的握手。

第一个电话铃声催促她急忙返回旅馆。她用钥匙开门时电话铃还在响着。她没走过去接电话。反而小心地关上房门,脱下帽子,舒服地坐在沙发角上,对一切都漠不关心,仿佛她耳聋似的,根本没听到铃声。铃声终于停止了。

过了大约一刻钟,电话铃又响了。他们一定是等待了那么长时间,让她足以能回到家里。她还是没走过去。她希望接电话前他已走出照相馆了。电话铃又停止了,就像一只耗尽效能的闹钟。

第三次电话铃响得更早点了,只间隔了大约十分钟。这次她走过去,接听了电话。那时将近下午六点了。他不太可能这么晚还在照相馆里,有没有手表的事都一样。

"查默斯小姐吗?"是他的声音,不是那个女孩的声音。

"你是?"她问,显得很诚实,仿佛不知道是谁。

"我是赫里克,摄影师。您是否掉了一只手表?"

"是的。"她的撒谎很高明,"我刚回来进门才发现手表不见了。我想也许忘在出租车里了——"

"我们在化妆室发现了一只手表,"他说,"我们无意冒犯,但能否请您描述一下您的手表?"

"是一只白金表,圆形,手表面上有一圈钻石。百达翡丽手表。表上有黑色双绞软线,而不是通常的表带或手表箍带。"

"那就是它了,"他说,"在我这里。史蒂文斯小姐就在您刚离开后发现的。"

"噢,您真是太好了!"她急切地惊叫,"这下放心了。我不知道该怎么谢谢您。这是我父亲给我的生日礼物。"后面部分不管如何倒是实话。

"我现在已经把它带来了,"他说,紧接着解释说,"我就在旅馆楼下。需要我交给接待柜台吗?"

"不,不,"她大叫,声音急切,让他肯定会认为是极其感恩,"请您上来吧,就一会儿也好。您得让我当面感谢您。"

"好吧。"他挂了电话。

她让他进入她自己的地盘了。开局非常漂亮,毫无障碍,从头至尾。

窗外天色未黑,但她还是打开了一盏灯,这样,如果他如她安排的那样坐在灯光之下,灯光会照在他脸上,她可以更仔细观察他的脸部表情。他可不是唯一的灯光效果专家,她自豪地对自己说。区别在于,他的才能是用于引人注目,而她的则是侦探情况。

他敲了敲门,她开了门,他进来了。

他把手表交给了她,而她则做了些夸张的动作,低低地欢叫几声,甚至拿着手表紧紧捂在胸口好一会儿。然后,她重新戴上了手表。

"我真不知道我怎么会忘记的。"

"我们照相馆里没有保险箱,不能把值钱的东西放在店里,我也不想就放在接待桌抽屉里过夜。我本来决定带回家,明天早晨打电话通知您,但我又想到您可能会整晚为此焦虑,所以就冒险,让出租车在我回家路上先停在这里。"

"坐下吧,聊聊。"她做了手势,引导他准确地坐在她原本希望他坐的位置,"我让他们给您送酒来,表示我的感谢。"

"请不用麻烦。"他婉拒。

可她已经拿起电话了。"别不给我机会,我会感到难受的。您喜欢什么?"

"苏格兰威士忌和水。"

"哪种威士忌?"

"芝华士威士忌。"

"客房服务,"她说,然后她又说,"一个双人份和一个单人份。"

"我有个客户也住在这里。"当她回到他那里时,他说了起来。

"我认识她。"她说。

他们两人都笑了一下,有点共识了,但很友善,并无不近人情,无需说得更多。

"我可没有对您保密吧,是吗?"她问道,"您太太不会在等您吧,是吗?"

"我们不在一起了。"他面无表情地说。

"我很遗憾。"

"那样大家就各归各了。"他冷漠地说。

这当然对她不是新闻了，但既然是她在掌控话题，那就得似乎是他自己告诉她的，这样他们以此聊下去就不会有任何障碍了。

说的都是些无关紧要的话，无论如何，要按照计谋谈论那事还早了点。

她没能多了解他几分，零碎琐事，仅此而已。他喝得很慢，还在杯子里剩下了约一英寸的酒。那意味着他算不上是酒鬼，连中度饮酒者也谈不上，他只是轻度的社交性饮酒者而已。他不是那种神经质类型的人，也不是烦躁不安的人。聊天之中，窗外附近什么地方一定是有一辆超大型卡车经过，卡车尾气声响如雷。她被吓得惊跳起来，但他却丝纹未动，只是朝她幽默地苦笑了一下。还有，他坐下不久，她注意到，他跷起了二郎腿，左腿搁在右腿上。直到最后，他准备起身要走时，那两条腿还是那样，左腿搁在右腿上。他平和宁静，随遇而安。

她大量观察了他手的动作。那双手很敏感灵巧，很适合他做的工作。指甲剪得很平整。显然是在家里自己修剪的，他不是那种去美甲店的花花公子。但他的指甲剪得很干净。她从他的手上觉察不到任何残暴或者卑鄙的迹象。然而，真的能那么肯定吗？它们只是双手而已，无论她怎么看待，并不是那控制双手的心智。她猜想这双手是否攥起过拳头，在怒恨交加之中，揍过斯塔尔。

他依然戴着斯塔尔送的结婚金戒指，一定是他们交换的戒指。

不知怎么，她知道他从来不会出于愤怒或憎恨对斯塔尔施以拳脚，尽管她说不出个所以然来。

他似乎和她在一起很惬意，并不急于起身离开。她也故意拖延时间，延长着这次的小插曲，直到窗外光线暗淡，他几乎去哪个地方晚餐都太晚了。

在那时，她很巧妙地走进内房，打电话要求送两份菜单上来，没让他听到。

"您在干什么？"当侍者出现在门口时，他问道。

"我要点我们两人的晚餐。"她圆滑地说。

他半是站起身来表示异议，但她能看出来他感到惊喜。"我不能让您破费——！"随后，"那么，让我来付费——"

"我住在这里，"她坚决地说，"下次您请客吧。"

最后，他们妥协了，下了楼，一起坐在她通常坐的角落餐桌，她签了单，而他付了小费。

一旦晚餐结束，那就很容易在晚餐后请他再次上楼了。他可不会晚餐后立刻离开，那样他会有内疚感，那是典型的"吃了就走"的冒犯。

他有很强烈的社交责任感，她已经能感受到这一点了。

再次上楼之后，他们每人面前都放上了一杯科尼亚克白兰地酒，象征性甚于实用性。他们之间显得更为亲近点了。晚餐和餐前酒使他略有醉意了，她觉得提一两个巧妙的问题，就很容易让他开始谈谈自己了。当然不是斯塔尔所知道的内心自我。这她可不敢碰触。还嫌早了点,只会让他的内心自我躲避她。但他那有关外在生活、工作以及经历的自我应该可以了。

"您是怎么开始干摄影的?"

"我生性喜欢它,"他坦率地告诉她,"我不可能干别的事。"

在他十岁或十一岁时,他父亲给了他一架照相机作为生日礼物,就是当时那种入门级的柯达相机。差不多所有的男孩早晚都会得到一架相机,差不多所有的男孩一度都喜欢玩拍照,就像集邮或集硬币之类的事一样。然后就过去了,遗忘了。

但是,从一开始他得到照相机时,某种事情就发生了。

"我当时马上就知道我会成为什么人了。我当时马上就知道我想要成为什么人,我必须要实现。我那时手里掌握的是我一生的工作。"

他很快就了解了照相机的机械部分,学会了显影洗出他自己拍的底片。可以说,大多数男孩都会,要是拿到街角的杂货店去的话,即使那时价格低廉,也是花费不菲。

但对摄影来说,光懂这些还远远不够。他身上似乎本来就已压抑着这股干劲,这股动力,这股创造力,直到那时,宣泄口出现了,于是自那时起,在他以后的日子里,它们就倾泄而出,毫无松懈。

一开始,他就对拍摄他朋友们的笑脸,他们的小狗,他们的小妹妹毫无兴趣;对拍摄身穿棒球队球衣的校队也无兴趣。

奇特的镜头和角度,那些才让他兴趣盎然,他总是在寻找新的不同角度。在镜头和拍摄对象之间体现出他的自我意识,这就把机械过程转化为艺术了。

从他的卧室窗口,他能看到大街对面偏南一点有一只路灯。从窗口看,那路灯并无特别。夏天里,路灯投下柔和朦胧的光线,几乎被潮气模糊了;秋天里,路灯底座四周尽是随风飘零的枯叶;但在冬天里,路灯景色最佳,雪片轻柔地飘落下来,在灯光照射下,霎时闪烁,随即飘下,坠入黑暗。

他想获得从下往上的景色效果,直接从地下,别无他法能够办到。

所以,他耐心地等待着,最终他期待的情况来临了:一场大雪降下,积雪深至约三英尺。他在午夜时分悄悄溜出房间,此时大街上空无一人。他平躺在雪地之上,焦距向上。当他终于获得了他想要的镜头时,已是凌晨两点了,镜头堪称完美,而他在雪地上留下的身体印痕恰如轮辐在路灯底座周围碾过那般。

他母亲用酒精擦他的背部将近一个小时,可他第二天还是得了轻度的胸膜炎。唯一能让他父亲不揍他的原因便是他病得不轻。但唯一能真正构成对他惩罚的事他们却没做。他们从未没收他的照相机。他们不知为什么,一定是感觉到了,如果真的把照相机从他手里拿走的话,那将会意味着什么。

另一次,他想拍个天空闪电的镜头。这次他还是想从地上直接往上拍摄，仿佛闪电真的冲他而来。他再一次背部躺在地上，这次是躺在公园的草地上，夏天的雷雨正猛烈侵袭着大地，他把照相机塞在下巴下，用一块防水油布将四周遮盖着。大多数的闪电照亮了整个天空，对他的取景来说毫无价值，没有黑暗来对比显示。有好几次闪电肯定击中了附近什么地方，他能感到身下的大地在颤抖，但他太全神贯注了，没时间感到害怕。他很可能拍掉了三个胶卷，试图想捕捉他追求的效果。结果，如同上一次，他最终如愿以偿。闪电也能冲印出来，使之能永久保存。

"就像是活动的导线，像一个细细的金属线——你知道我的意思吗？——旋转扭曲，划过天空。"随即他有点伤感地补充说，"这张照片还在，放什么地方了。"

这就是他经历过的生活，他所有的那些青春岁月。一个男子，挥舞着喷灯，在一个水洼里喷出无数的火花，一个喷泉的水柱被微风吹得歪歪扭扭，一个铁制的毁灭球撞击一堵墙产生冲击波的瞬间，在码头的尽头，透过黑色框架的空当处看到一个男子开动着起重机。他会每时每刻地徘徊在存在着各种可能性的地方，直到他拍摄到他的镜头。甚至醉汉在门道上沉睡形象也没有逃过他贪婪的视线。一个下午的晚些时候，他耐心地守候在一个醉汉身旁，直到一缕斜阳照射到醉汉夹在臂弯里的一只空瓶上，激起亮点，突出地反射到其上方那张熟睡的脸上，犹如某个人悬停于焚毁他的残火余晖之上。图片叙述的故事隐喻不明，但只有他知道如何给予一个点睛之笔，使之具有完整的表述。

有一次他几乎丧命。他当时躺在一辆停泊的车下，用蒙太奇手法拍摄一组行人沿着人行道走路的脚，正在此时，车主突然上了车，发动起来了。

在他基础教育结束后，他去了一所职业高中，学了一门摄影技术课，但那里的老师们已经没有多少可以教给他了，只是些最新的摄影设备和处理方法而已，他倒可以教他的老师们如何拍摄一张令人难忘的照片了，但至少学校可以给他颁发几张必需的证书。

起初，他发现摄影之路非常难走。他先后找了几份工作，在别人的照相馆里当助手，但报酬难以支撑他在摄影方面走下去，而工作中有趣的部分，有创意的部分，都与他无缘。有时，他比跑腿的伙计好不了多少，取回咖啡，打扫房间，倒倒溶液盘子。

他只得打打零工，能找到什么就干什么，让自己渡过难关。后来，有个夏季，他设法受雇，在一个乡村的夏季轮演剧团的剧场里当了个舞台工作人员。他原本去那地方想在度假旅馆里当个侍者什么的。有个星期，那个负责演出灯光的人出城时出了车祸，受了伤，让剧团都等待着。他们通常一星期演出一次。赫里克说服了他们，让他紧急替代一下，结果，他做的事如此赏心悦目，因该剧《伯克莱广场》自然需要魔幻灯光，于是他们就从此把他留下了。

演出季结束后，他去了纽约，怀里揣着夏季演出剧场经理的一封推荐信，去试试那里的剧场。历经令人心碎的几个月之后，他设法找到了一份工作，自那时起，他简直像条狗似的卖力工作，负责灯光照明，明胶幻灯片播放，屏幕上字幕的渐隐等所有此类事项，该剧院却在第二次演出后即刻关门了。他立刻再换另一个，就这么持续下去了。

有一两篇评论为这些戏剧的灯光效果写过几句好评，倒是非同寻常。但你不可能靠这几句好评吃饭，而他的名字也从未被提及，如此一来，谁在乎他呢？

"这仍然不是我干的那类工作。是条死胡同。并且，在演出与演出之间的待岗有时会非常地长。"

以后，一天夜里，他为之打灯光的当时某个表演剧目的女主角，在下台时恰好看到他在舞厅侧面偷拍她。她就让他第二天给她看看印好的照片，当她看完之后印象非常深刻，提出购买这些照片。他送给了她。一件事引发出另一件事，他们在聊天中，他把自己的梦想告诉了她。结果，她最后决定资助他，预付给他足够的资金，让他开一家自己的照相馆，自己着手干。

"那些演员中几乎每个人想当然地认为，这背后另有缘故。她是个四十岁左右的女人，大家都知道她的弱点是喜欢更年轻的男子。可是，此事背后根本就没有这类事。实际上，就在那时，她正在热恋某个男子呢。但她是个了不起的慈善家，她对我的天赋和才能深信不疑，所以想帮助我。这就是一切。我下决心确保在我成功之时能让她收回借给我的每一分钱。"

她知道他做到了,这就是他的性格。

"她是我第一个模特儿。而且她允许我把其中一张肖像照配上镜框,展示在沿街的照相馆入口处。这个广告宣传很有效。她不需要,而我需要。"

大约十一点钟,他离开了。没达到什么目的,但至少有了一个开端。基础工作已经做好了。他们现在已经相互称"维克"和"马德琳"了。而且他欠她一顿晚餐。这非常重要,因为他有一种异乎寻常的互惠义务感,她已经探知到了。他欠下的,他会归还。

无论如何,他们之间的关系开始了。

一星期后,将近周末,他打来了电话。

"我是维克·赫里克。"

"哈罗,维克。"

"有人送我两张演出票,如果你今晚没什么事的话,我在想你是否会愿意和我一起去。"

"我愿意。"她立刻说。

"先和我共进晚餐——"

"不,"她也是立刻答复,"晚餐改天吧。"她希望把他这个义务延续下去,这样她也就有更多理由与他第三次见面了。

"你不愿意让我请你晚餐吗?"他问,有点沮丧。

"下次吧,不在今晚。但我会和你一起去看演出,之后你可以请我喝杯咖啡。我喜欢熬夜，聊天。"

"好吧。我会到旅馆来接你。"

"我可以和你在剧院门口见面，如果你愿意。"

"不，这个剧院比较偏僻，你也许很难找到。八点我会在你旅馆门前停一下。"

她就在旅馆的大堂等他，以便节省时间，减少麻烦。既然这不是一场浪漫，没必要故作忸怩，或者难以接近，让他进旅馆打电话到她房间去，以及做其他的求爱琐事。

出租车停下时，她透过出租车的车窗里认出了他，便走了出来，在他打开车门下来时就到了他身旁。

"怎么把时间算得这么准的？"她愉快地问。

"丝毫不差，"他咧嘴笑道，"你可是我哪怕急着赶火车时也愿意带着一起走的那种人。"

随着出租车再次开动，外面车子的尾灯映得他们的脸如同点刻画一般。

"拿到你的照片了，觉得好吗？"

"维克，这些照片太不可思议了。你是怎么拍摄的？"

"这可是我的 métier（特长），就像法国人说的。对了，你从来没告诉我——就是你耸起眉毛的样子太棒了，当时你在想什么？"

她笑了。"你想知道？要是我告诉你了，你也会耸起眉毛啦。"

"我不能保证我们要去看的戏好看，"他说，"这戏两年前在纽约演过，在一家离百老汇稍远点的小剧院里，即使那时，我觉得里面没什么专业演员。所以，今晚，你也许会说我们要去看的是一个野路子剧团的业余戏剧。"

"没关系，"她说得很大度，"至少，这也将是一次经历吧。"

这确实是。该剧叫《关联》，有些内容与毒瘾有点关联。此外，该剧主要内容完全难以解读。舞台设置在观众的中间，像个拳击场。台上只放了两三把木制靠背椅，别无他物。两三个男子站在一个角落在谈论什么。偶然，他们中有某个人走动几步，然后再回去参加谈论。那就是戏剧性动作的最大限度了。

马德琳没有不高兴，她去那里也是代表着她自己的戏剧性动作，并非去观看他人的戏剧性动作。偶尔确实会让她感到扫兴的是一眼瞥到对面观众中的其他人，每当演员走动或采取站姿时，都会从演员的两腿之间向她看过来。这就破坏了戏剧本身编织一个幻想的所有机会。

有一次，他们同时转过头来，互相对视着。

"我能听清他们的谈论，"她轻声说，"他们的表演风格不错。可我听不明白他们在谈论什么。"

"我也正想这么说呢，"他暗笑着，"我认为许多都是吸毒者的黑话，所以难懂。吸毒者，你要知道。"

他们硬着头皮观看了好久，但是看到该剧还没有要结束的迹象,他们最终还是放弃努力,起身离开了。

"我真不知道我们怎么才能知道演出还要有多长时间,不管怎么说吧,"他们走出去时,她说了句,"他们连个幕布都没有。"

"也许当周围的观众大都在伸懒腰时,这也许就表示戏剧不要再进行的一种方式了。我真的欠你一个道歉。"

"不,你别这么说。这也是我们今晚场景的一个部分。只是一个微小部分,但仍然是个部分吧。或许吸毒者们就那样站着,等待毒品。我从来不了解他们。尽管如此,我很高兴,我们看到过了什么样子。"

"它非常前卫,我想。可为什么不能既前卫,又表达得清楚一点呢?前卫艺术从来就是这样。"

"我从不关注任何那类东西,"她肯定地告诉他,"我一定是出生得晚了一百年了。"

此话不假,她是个拘泥形式的人,她生来就是老派保守的。她希望她戏剧中的情节是莎士比亚式的;她希望她音乐中的旋律是威尔第式的、施特劳斯式的;她希望她的画,她的艺术里再现的自然意象是伦勃朗式的、提香式的、拉斐尔式的。这些艺术家才符合她的口味。

她不喜欢成年人再去画幼儿园儿童式的蜡笔涂鸦作品,或者像大麻幻觉似的抽动长管演奏临时拼凑的曲子,却没有任何音符支撑,或者用六角形网眼铁丝网制作的雕塑,或者舞台上的演员光说不动。

她觉得应该是文字表达清楚,圆满无缺,充实完整,无需再填补空隙。

一定是这种追求完美对称的感情,构成了她强烈愿望的基础,要去替斯塔尔完成她的生命。原先的犯罪情结不再单独为此负责了,到现在也肯定减弱了。

一个现代主义者一定会笑着走开。我就该为这些原因结束某个人的生命吗?我有自己的生命,一次一条命足矣。

但是,十九世纪会理解的。十九世纪有理想主义。

他们找了家小咖啡店,光线暗淡犹如火柴之焰,却是聊天好去处。他们坐在一个角落里,那里光线昏暗,勉强看到对方的眼睛。一个女孩背靠着墙,懒散地拨弄着一把曼陀林,但她似乎从来弹不完她开始弹奏的第一个乐句。

"谈谈你的妻子吧。"她说,那方式就是往平静的水池里扔一块小石子,等待着观看漪涟缓慢地一圈圈扩散开去。

但是,没有漪涟出现,骤然凝固,似乎冻结变硬了。他的眼神也是如此。一时间,轻松的聊天消失了。

为时还太早了,她意识到。他还不会告诉我。也许他永远不会了。

"要聊聊她?"他颇有戒心地问。

"我只是说——她的长相,"她纠正说,"光从照相馆的那张照片上看不出来,她大部分在阴影里。"

"噢。"他口气温和了。他想了片刻。很可能他借着蜡烛微光看到了她的脸,她能看到他凝视着。而微光又加倍地在他眼中反射,从他的瞳孔里,如同两根细蜡烛,在回忆的祭坛前闪烁着。

"她是绝色美女。"他虔诚地低声说道。

她临死前马德琳把她抱在怀里,看着她的脸,见过她的脸容了。的确,她那时痛苦不堪,大受惊吓,而她的生命当时正在慢慢地流走了。但即使如此,她还算不上是绝色美女。楚楚动人,是的,赏心悦目,她的脸部结构比例使她如此。尤为重要的是,青春洋溢使她如此。但是,她算不上绝色美女。然而,对他而言,她是,她就是绝色美女。

因此,他真心爱她。

对此,无需更多的质疑了,也无更多的问题了。他用他真诚的爱情之眼爱过她了,而真正的爱情对每个男子而言,是他只看他的唯一,他眼中的唯一,对其余的一切视而不见。

马德琳带这个印象和想法回到了住所。无论他对斯塔尔干了什么,他所做之事绝非缺乏爱意,而是充满了爱情。

一天夜晚,她在与他外出后回到住处——至今他们一起共度夜晚的次数已经高达六次或八次之多——她脱下外衣,裹上毯子,坐在桌前,仔细考虑着,分析着她迄今为止对他的了解。

她现在非常了解他生活的外部环境，一个人对另一个人能够了解的也几乎仅止于此了。即使他如果是她丈夫的话，也不过如此。他少年时代痴迷照相机,他早年四处游荡直至发现了自己所长，他在自己所选择的事业上最终成功了并获得了成就，他已经告诉了她所有这一切。但是，对斯塔尔的伤害却深藏在他内在的私生活某个地方，并未告诉她。

无论发生过什么，都是在他爱斯塔尔的范围内，对此毋庸置疑。那只是对爱的一次过错和冒犯罢了，并非仇恨和恶念。这样一来，应该能极大地简化他们之间的恩怨了。你对憎恨之人会施以多少次的伤害行为，而对所爱之人则根本不会如此对待。但是，却又并非如此。

她最后拿起一支铅笔和一张纸，试图列表写下各种可能性，助她思考下去。她非常偏好用铅笔帮助明确自己的想法。她倒是满可以成为一个很不错的起草人。

酒精：完全不予考虑。他根本没有流露出任何酗酒的迹象，这太容易看出来了。他喝酒甚至比她还要慢。他总是在酒杯里剩下酒。他即使连社交性喝酒的中等水平尚未达到。他只算是偶尔的社交性喝酒者，比完全戒酒稍高的第一个社交性喝酒等级。

毒品：在此问题上，她有点模糊不清。他毫无任何吸毒迹象，但她也不擅长推测这类东西。她一时间又想起了他带她去观看的那个戏剧。是否那就是某种迹象呢？但她随即摒弃了这种想法，觉得不公平，因为那只是个巧合罢了。或者不如说，因为没什么事可巧合，那只是随机发生的事罢了。无论如何，如果争辩说他自己就是个吸毒瘾君子，那么再去那里看这么一出戏又有什么吸引力？他肯定对那种生活了如指掌，为什么还要看一个那种生活的复制品呢？他更可能是躲避它，哪怕只是为了宽恕自己的内疚感也行。最后，她回忆起，他似乎和她一样，对剧中的特定黑话一点都不熟悉。而且没有理由可以认为他在做作。

犯罪记录，或过去的犯罪情况：这看起来根本与他不符。没错，她还没有天真到期望罪犯或违法者会走来走去地让人觉得他们就像罪犯，或者在前胸和后背挂上一副三明治式的广告牌，上书"我是罪犯。"更没错的是，她听说过，据说这类人里最坏的一些人一般说来在家里很随和，温和，忠诚，体贴，甚至超过一般的做丈夫和做父亲的人。但就算这个因素也考虑进去的话，事实是他根本与这种情况不符，这种情况也与他不符。

当然，他告诉她的那个简单却又组织严密的生活小故事未必真实。不可能指望他在被临时问起时会对她说出他有过严重犯罪行为或者犯罪生活方式。但是他所说的事，从头至尾都是那么的合理，那么的直率，那么的自然，不像是遗漏了什么部分。换言之，他说得单调乏味，显得真实。如果添油加酱，那么至少会显得更加精彩。他的故事里没有缝隙，没有缺口可以塞入或者插进某一段重大的违法经历。你可以说，几乎没有空隙。在他告诉她的那个简短而又令人难忘，但有点讨人喜欢的这三十年传奇经历里，仿佛每一天，仿佛差不多每一分钟都解释清楚了。

现在，她对这个男人了如指掌了。他身上没有暴力，否则她早就瞥到苗头了，无论他如何试图掩饰。那指的是，严重程度上的暴力，不是咒骂几句，伸伸拳头之类的事。他从未依靠暴力生活，也从未行使暴力。尤其是，他缺乏锋利尖锐的性格，而这是罪犯必备的性格。他只是一个简单的人，擅长他从事的工作，但其个性简单超脱，毫不复杂。他就是一个平凡普通的人，有着一双善于摆弄照相机的手，生性和善，待人友好，对爱情永恒的忠贞。

她就是这样看待他的，没有什么能证明她错了。

她列出的所有可能性里有一点共同之处，她不禁注意到了。都是疏忽性过失。也就是说，都是他自己的疏忽性过失，而非斯塔尔的。任何女人，任何妻子，对这类情况都会有过一两次这类过失。要么她对他一往情深，试图帮助他，要么她看到毫无希望后，就洗手不干了，离他而去。但不会转身就希望他被杀，更不至于准备亲自杀他。在所有这些假设的罪恶里，都无任何证据可以证实。

她发现这张列表已经逐渐消散了。

她把小纸片捏成一团，扔了出去。她拉了一下桌子上方套着灯罩的电灯拉链线，眼前的一片灯光消失了。

我无法忍受这种不确定的情况了，她心想，手指伸进头发里梳理了一下，又把头发拉到了脸上。我得成为一个蒙着眼的正义之秤，不折不扣地，不知不觉地去衡量。忘却和摆脱任何事，任何感情。

就在下次我们在一起时，我会做。那时我必须做，否则我可能永远不会做了。

意外的结局

最终，那一天来临了。她那天一清早睁开眼睛时就知道了。一方面，没有实际的理由就肯定是那一天，既不是前一天，也不是后一天，完全是主观猜测。而在另一方面，又有各种理由。她已经给自己打了气，鼓足了勇气，达到了某种强度，但她的勇气可能只能持续几个小时，而一旦丧失，即使是部分松懈了，也许永远也无法再重新振作起来。她需要这种强度的勇气，否则她无法行动，因为她既不是一个专业杀手，也不是一个激情杀手，她既无法冷血地杀人，也无法热血地杀人。这两种极端都与她的天性相悖，她现在只能在想要杀人时才能下手：为了一个理想，也作为一个义务,去履行一个承诺。如同一个人在祭坛前点燃了一支蜡烛——赎罪祭。

仅此一次,永不再干。

他是个男人。这点毫无疑问。他曾娶了斯塔尔,斯塔尔曾是他的妻子。可他却是斯塔尔想杀掉的男人,就是他,不是其他人。而斯塔尔－马德琳将是手执正义之秤的女神,为斯塔尔执行正义之举。

就让他对斯塔尔所做的一切,就让斯塔尔要杀他的一切理由,和他埋葬在一起,然后,放入坟墓长伴他们两人,永不泄露。也许这样更好。谁知道此事的究竟?为何要让它继续存在,玷污了这个世界?为什么她马德琳要带着它进入某个牢房,在接下来的20年里甚至一生里继续培育对它的病态了解呢?不知怎么的,在她所有的算计中——不,不是那个字眼,她可没有在这方面算计什么——在她心甘情愿地接受惩罚,经历刑罚的心理准备中,她从未想象自己会被判死刑。那倒不是这会吓住她,而是她总是预计自己只会被判处长期徒刑。

那么,今天就是这一天了,它已来临了。

她还没有起床呢。光线透过威尼斯式软百叶窗帘上的窄条,更准确地说是从这些窄条间的空隙射出,在窗户对面的墙上,在地板上,在床单上,甚至部分地在她一条裸露的胳膊上,都画出了铅笔般细的黄色笔画。她甚至感觉到有一条光线波纹一定横过她的鼻梁,因为她两眼感到了一阵目眩。她觉得很迷人,仿佛就置身于一个金色的笼子里。

她起床后走到百叶窗前,拉了拉牵动百叶窗帘的绳子。百叶窗帘柔软地升起了,只有轻微的沙沙声,外面的日光充满了四方形窗玻璃片,不再是映照在墙上的条纹状微弱闪光了。阳光涌入。在阳光之下,城市看起来焕然一新,仿佛是新近建成一般。每一块砖毫无瑕疵,每一块人行道地砖都是刚刚铺就。她倚窗探身向外,一辆出租车,涂着橘黄色的车顶,擦得铮亮,在她眼皮底下快速通过,如同某种色彩多变的友善甲虫,匆匆忙忙地寻找藏身之处似的。

多么奇妙啊,她心想,我们两人此刻都在这座城里,尽管有点距离。我们都在呼吸,都在眼观景色,即使我们不在一起。然而,到今夜,或者到明天凌晨,他将死去。然后,他就不会出现在这座城里了,只有我仍会出现,孤身一人。那时他将去何处呼吸,将去何处?那时何处的景色将反射在他的瞳孔里,将在何处?

我不知道,因为我没有订购死亡,使之实行。我只知道他会进入死亡。

她转身离开了窗口,她经过刚睡过但尚未整理的床时,若有所思地瞥了一眼。昨晚,她心想,我们两人都在睡眠,他和我都是,我们的睡眠是相同的。今天,我们两人都从睡梦中醒来。今晚,我们都会再次睡眠,他和我都是,但这次我们的睡眠将是不同的。

明天，我会再次醒来，如我今天这样。明天，他不会再醒来了，因为他将没有明天了。

睡眠，生活中内嵌的一点点死亡。不，她纠正自己。睡眠不是死亡。根本不同。人们这么说这么想就错了。"睡得像死去一样"意思是指熟睡。完全错了。因为身体仍然在起作用。人在呼吸，血液在流动，心脏在跳动。有时身体甚至还会动一下，翻个身。如白昼世界一般的梦幻为睡眠增添了色彩，一夜又一夜，梦幻还在，即使第二天未必能回想得起来。

不，法国革命者们在墓碑上铭刻着"死亡是永恒的睡眠"，那是错的。两者之间没有相似之处，根本没有。甚至连眼睛的状态也是不同的，睡眠时眼睛闭着，而死亡时，有点反常的是，眼睛睁着。需要有人用手去关闭它们。

不，睡眠不是死亡。睡眠是隐蔽的生命。

她摇摇头，有点生自己的气。为什么我要这么折磨自己呢？去干就是了，已经想好了！别再老是想啊想的。

可是，我还是得想一下。我为她做的其他事情不重要，次要的。这次才是主要的事。这次才是重要的事。这是她最想做的事。

她简短地冲了淋浴，没用肥皂。她一般每天淋浴两次，一次在早晨，另一次在晚上，只是一次隔一次地涂抹肥皂，但实际使用的次数常常更多点，她也这么认为。可能对皮肤不好。

她穿好衣服，冲了一杯速溶咖啡。她不太情愿地对自己说：

我想我应该吃点什么。在早晨,她总是这么对自己说,又总是试图躲避吃。最后,她逼迫自己,有点违背自己的意愿,往烤面包器里塞了一片全麦面包,插上电源插头。

然后,站着吃,一只手拿着面包咬,另一只手端着咖啡杯狼吞虎咽地喝。终于,她放下了杯子,只剩下些面包皮,似乎很高兴吃完了。她确实很高兴。

城市现在苏醒了。她点了支烟,又回到了窗前,站在那里再次向外看着。今天很正常,每个人看起来也是如此。你无法看出来,这正常之中隐藏着死亡。

一个年轻女孩牵着一只灰色的法国贵宾犬,它停下脚步,仔细看看一棵树,觉得不喜欢,就走向另一棵树。一个送货工脚蹬着自行车,车上的箱子里装满了杂货。

一辆车型硕长的卡车开过,涂有"美国邮政"标志,车身上白下蓝,中间以红色间隔,漆成长条,像条箍带。他们应该把车顶漆成红色,她懒散地想着。那样颜色就表示为"红,白,蓝",而不是"白,红,蓝"了。但她又猜测,也许是他们觉得卡车顶漆成红色不好看。

在眼睛看不到的紧邻某处,一个公寓门卫不断地吹哨子,试图替他等候着的租客召一辆出租车来。那哨音传来某种难言的孤独和哀伤。

在下一个路口,一个有毛病的交通信号灯显示的"禁止通行"

标志应该翻绿灯时,还是一直亮着红灯,造成了小规模的交通混乱。等它最终能协调了,翻了绿灯,此时其他的交通灯却又亮起红灯了。

两位修女很有气势地飘然而过,引导着一个长长的学校儿童双人纵队走过去。

头顶上一架喷气式飞机飞过,天空里尽是"轰隆轰隆"的噪声,飞往某个遥远的浪漫之地,安克雷奇、东京,或是马尼拉。

一对鸽子,老了,从一个屋檐下有点不服气地飞出来,转了个圈子,又回到了屋檐,它们的挑战无人理睬。

一辆卫生部门的街道洒水车开过来了,沉重缓慢,装满了水沿着没有行人的街边行驶,然后,在经过一对行走的男女身旁时,目标精准地朝他们喷出了水。他们两个赶紧跳到一旁,开始拂去身上的水珠,很沮丧,却未抱怨。

一个矮壮结实的工人正站在一个人工检查井口旁,周围已经用亮橙色的圆形围栏围了起来,还醒目地插了一面红旗。他在和看不到的井下某个同事交谈着。这就给原本很通畅的交通造成了一点小小的堵塞。

马德琳所在旅馆的街对面有一座大楼,在与她房间相同高度的楼层外,一个窗户清洁工身上的安全带挂在窗户两侧的两个支架上,然后他坐在横档上,身体后倾,拉下他大腿上方的窗扇,开始用湿的海绵块擦洗一块块窗玻璃。

这样挣钱太辛苦了,马德琳不以为然地心想。他甚至可能在家里还有妻子和小孩呢。为什么他就不该有妻小呢，就像每个人一样？

世上有各种工作，无论赚钱多么少，总有人会去干。否则，这个世界就不能运转了。

她站在那里，决定将在中午给他打电话，就在他的午餐时间之前。

她正在心里这么决定时，门外有人敲门。她叹了口气，走过房间，去开了门。

是个客房服务员。她们互道早安后，客房服务员说，"今天天气多好啊！"

"是啊。"马德琳附和着说。随即又想到他的死期到了。倒不是这曾经是遥远之事。而是他将在这大好天气里死去，她沉思着。

"您难道不想出去，享受如此美丽的阳光吗？"客房服务员想知道。

"我会晚一点出去，"马德琳告诉她，"这个下午出去。"她在猜想如果对她说，我将去杀个男人的话，她会怎么想，会说什么。很可能咧嘴笑笑，开什么玩笑，然后继续她的工作去了。

"你不必为此麻烦。"马德琳看到客房服务员拿起咖啡杯去冲洗时说道。

"不麻烦，让我洗吧，"客房服务员随和地说，"我喜欢让您的房间变得整洁干净。"马德琳从不吝啬小费。

这是当天她们之间的最后一次交流。

上午过去了。赫里克在世的最后一个上午。

她看看手表。离中午十二点还差三分半钟。她再次走进卧室，又往床上一坐，床铺整理得真干净。

死亡电话。

她等了两分半钟。随后，她拿起电话，把他照相馆的电话告诉了旅馆总机。她非常镇静，仿佛是在要求核对时间或者洗衣服务。

她对那个接电话女孩报了他的名字。随后她听到了他的声音。他说出的每个字就意味着他又用掉了一个字，剩下的字就少了一个，直至他永远沉默。然而，我们所有的人又何尝不是如此呢？她心想。

"我是马德琳。"她说，微笑了一下，打个招呼，尽管他看不到。

"奇怪，就在刚才我正好也想到了你。"他说。

"我也在想你。"她承认。

"你相信有心灵感应吗？"

"不可能不信，"她冷静地说，"尤其是当某种事情出现了，就像我们现在说到的那样。"

"来吧，和我一起吃午饭吧，"他邀请说，"整个城里都在玩逃学了。这么好的天气可不是用来工作的，是用来散散心的。"

"不，"她马上说，"我不能。我有点事想今天下午了结。"

"那就先和我一起午餐，然后再去忙你的事吧。"他建议得很有道理。

"不,"她说,"我来告诉你我的打算。"

"什么打算?"他急切地问。

"今晚和你一起晚餐,如果你有时间的话。"

急切变成了热切。"好啊,"他由衷地说,"那太好了。去哪里,在哪里和你见面?"

"你住处有什么设施吗?"她突然话题一转。

"设施?"

"烹调设施。"

"噢,是的,有。怎么,你喜欢在我家里吃饭?"

"是的,"她说,"我喜欢在那里,而不是饭店里。我就是很想在那里吃饭。唯一的障碍就是——"

"什么障碍?"他有点焦虑地问。

"我不会烹调。"

他宽慰地笑了。"我会,"他说,"要我烹调,不是叫餐馆外送?"

"对啊,务必,"她愉快地说,"那正是我想吃的,家常菜肴,这辈子就想吃一次。"

"你会吃到的,"他说,"好,想吃什么?报上菜单来吧。我打电话订购,等你来了都能送到,就可以准备烹调了。"

"哦,"她说,若有所思地看着墙壁,"我在吃的方面不挑剔,胃口也不大。我喜欢一般的饭菜。"

"好吧,"他说,"我这里有纸和铅笔。我们从头开始吧。餐前饮料想喝什么?"

"雪莉酒,"她说得很肯定,"总是如此,也是唯一的。不喝混合饮料。在这点上,我是欧派的。"

"哪个牌子?"

"多米克。拉斯帕切卡,如果你有的话。这是世界上最好的干酒之一。"

"我正好有,"他说,"我也喜欢。下一个?"

"不要汤了,什么都不要。就一道菜。我知道大多数男人喜欢红肉,我也是,适量即可。牛排好吗?"

"你可是符合我心意的姑娘。"

"但不要那种非常大的牛里脊肉,"她马上说,"为什么我们不能每人来一块沙朗牛排呢?这牛排不大,又鲜嫩。"

"我知道有种非常好的调味汁。"他热情高涨。

"放点蘑菇在里面。"

"很相配。蘑菇和苏岱酒。"

"不要配料,不要色拉。"

"甜品呢?"

"不要甜品。我不喜欢。那是给小孩子吃的。"

"我也不喜欢。"

"要不,我告诉你吧。洛克福尔奶酪蘸苏打饼干,然后清咖浇点科尼亚克白兰地。就是它了。"

"你有很好的饮食感觉,"他恭维她说,"还有很好的品位。"

"谢谢,"她有点理所当然地说。接着,她问道,"我几点到?"

"噢,五点半以后就行了。你到达之前,我不会开始烹调。一半的乐趣就在于烹调时身旁有人陪着。"

"好吧,"她用正式的礼貌口吻说,"我会来的。你请放心。"

"再见。"他说。

"再见。"她重复。

她挂上电话后并没有恶毒地微笑,也没有显得冷酷,或者其他夸张式的表情。她的眼神显得心事重重,颇有点伤感意味,仿佛她为此人深感遗憾似的。她轻轻地叹了口气,声音低低的。随后,她轻微地耸了下一个肩膀,好似意识到整个事情不在她的控制之中。

她在一点三十分左右离开了房间,在旅馆的小卖部买了快餐,坐在喷泉旁吃了。这和她前一顿饭差不多节省:一份西红柿三明治,一杯麦乳精牛奶。

然后,她上了一辆公共汽车,避开了大一点的百货商店,那里的衣服都缺乏个性。她在一条小路上找到一家特色小店,以前曾去过一两次。

"要黑色的衣服。"她说。

大约看到第四件时,她来了兴致。她走进更衣室,穿上了,再出来。

"您穿了非常合身。"敏捷的女销售经理说。

"我也看到了,"马德琳同意,"所以我就挑了这件出来。但有点问题是——"她把手放在一小块金属装饰品上,"能把它拿下来吗?我不喜欢衣服上有这种小玩意。"

"噢,但那样的话,这衣服看上去很像丧服,"女销售经理反对说,"您又不是去参加葬礼。"

我不是?马德琳心想,眼睛有点高深莫测地看着她。我不是?"它必须拿掉,"她断然地说,"如果你希望我买的话。"

那女人拿出一把剪刀,把它剪掉了。

马德琳付了钱,让她包好装盒了。

此时才三点多,她还有两个多小时可消磨。

她回到旅馆里,让一个行李员把衣服送到她房间去,而她自己则走进了旅馆的美容室。这与其说是她有兴致做头发,倒不如说是为了消磨剩余的时间。其实,对一个在她这个年龄范围的姑娘来说,她尤其难得光顾这类地方,一年之中也不过一两次而已。

"能给我安排一下吗?"她问接待台的女孩,"我没有预约。"

"我有个顾客又迟到了,常常如此,"那女孩有点气愤地说。当然,那气愤不是针对马德琳的,很明显,"您可以占用她预约的时间。如果她真的来了,她可以等到您做完头发了。这可以教训她下次准时点。"接着她补充了一句,无疑是作为一个特殊的照顾,

"您愿意让伦纳德先生为您服务吗?"

"不,"马德琳说,无法掩饰她对这类人的反感,"我宁可请一个女孩为我做头发。"

"那我就叫克劳迪娅小姐吧。"接待小姐说。

马德琳跟随一个头发如珐琅般光滑的红发女郎进入一个隔间时,她思忖着,如同她之前的一两次一样,为什么在这个特别的行当里,姓氏前总是加个"小姐",而在其他所有的同等企业里只是互相称呼名字。这是该行当里的传统之一吧,她推测。

"您希望做什么式样?"女孩问马德琳,一双眼睛职业性地打量着她的发型。

"我不太了解新发型,"马德琳让她明白,"我自从十六岁起就一直是这样发型,可我知道现在已经太过时了,我没再从其他人那里看到这种发型了,最初时不是这样的。"

女孩递给她一本印着光滑照片的小册子。"或许您可以找到您喜欢的发型。"她指了一个发型,"我们有许多顾客都要求做这个发型。"该发型看起来有点蜂窝状。它显得厚重,逐渐上升到头上形成尖顶。

"要保持这种发型的话一定很麻烦吧。"马德琳有点怀疑。

"是的,"女孩承认,"可它很有戏剧性。"

马德琳笑出声来。"我想我不喜欢顶着一头戏剧性的发型走来走去,无论它是什么发型。"

最后，她们终于达成了妥协一致。马德琳保持她原先的偏平下垂式发型，但剪短至耳尖部，在头顶部梳成几种不同形状，以显得现代一点。

"不错。"头发做好后，她承认。

"不错？"女孩叫了起来，"啊，您看起来妙极了。您今晚可是个爱情女杀手。"她保证说。

接着她有点支吾了，停下了。"哇，笑容太奇怪了，"她说得不敢肯定了，"我从来没见过这种笑容。"

马德琳走出去时，女孩带着远超出职业兴趣的眼光凝视着她，觉得她会遇到什么事，但不知道确切的是什么事。

马德琳上楼进了房间，开始为约会做最后的准备。死亡约会。她穿上新的黑色衣服，边穿边在思忖着今晚之后她是否还能让自己去穿这件衣服。很可能不再穿了。她决定早晨那个很好的客房服务员进来时把衣服送给她。她从壁柜里拉出小旅行包，打开锁，取出了夏洛特·巴特利特很长时间前给她的左轮手枪。看起来几乎是恍如隔世。她检查了一下，倒不是她精通武器，实际上，她几乎连武器的最基本知识都不知道，她只是想确定手枪是否装满了子弹而已。当然，不可能没装子弹，她第一次把手枪装进这个小旅行包时已经装满子弹了，自那以后，还有谁接近过它呢？子弹装满了。它是个圆管形武器，她"拆开"枪柄能看到全部六个小孔里都牢固地被子弹的小小黄铜底部插进去了。

至于瞄准和击发的能力——在这方面,她又是纯粹的外行——但在几乎近身的距离内她怎么可能失败呢?两个人在一个房间里,其中一个坐着没动。两人之间只隔着一个餐桌或者一个长沙发的距离。

她合上了枪柄,枪身倒置,横着放进手提包的底部。那样她就能以一个连续的动作,手伸进包里,拿出枪来,无需反转枪身。同时,枪在包里平衡得很好,枪身靠下,枪柄朝上。

当她把手提包在腋下夹紧停当——这种手提包呈信封状,常夹于腋下,没有包带——一阵寒意突然袭来,冷遍全身,激灵如冰水。电话铃响了。她倒不是对突如其来的寒意本身有所恐惧,这寒意只是紧接着她刚才一直在摆弄手枪后才出现的连锁反应。这让她感到仿佛是信号发送装置不是在敲击电话铃,而是每次都在敲击她的心脏。

那一定是他了。她不认识其他人。如果是他,那他一定是来打电话推迟或者取消约会。这是唯一可能的理由。她站在那里像座雕像,一动不动。如果她不接电话,那么他就无法联系到她让她别去了。她要去的,无论如何,恰如她想干就干的一贯风格。

甚至在电话铃停了,她还是等了一分钟,确保线路空了。然后她走过去,拿起电话问接线员,"你刚才接来的电话是不是一个男人的声音?我刚才没法接听。"

"那个电话不是找您的,"接线员说,"对不起,我接错房间号码了。"

马德琳挂了电话,长长地舒了一口气。

她还有点时间。她在食品储藏室里倒了杯水,端出来,坐在椅子上,慢慢啜饮。

她终于站起来,回到另一个房间,拿起装有手枪的手提包。当她对着镜子打量自己,准备离开时,突然一阵不真实感袭来。这不对。这不是真的。我真的是要离开此地,在一两分钟内上路去杀一个男人吗?

她略弯下身子,离镜子仅一英寸之距。这是杀手的眼睛吗?这些柔软,近乎孩子般的东西,淡蓝色的眼珠在清澈的水分中移动,淡褐色的眼睫毛如同羽毛圈似的围绕着它们。这,是死亡之眼吗?

她转身奔出房间,像着了魔似的,仿佛她自己的面容把她自己吓坏了。她甚至没有转身关门,只是在出门是往背后伸手一拉,任其依靠惯性在几秒钟后关上。

即使在乘坐电梯下楼时,电梯操作员也快速地瞥了她一眼,仿佛他也感受到了她发散出的某种压力。

她坐进一辆出租车,报了赫里克的地址。

不到一刻钟,他们就停在那地方门前。

司机花了点时间,在行驶日志上记下了接客地点和目的地。然后他转过头来问她:"这是您要去的地方吗?"

她肯定地点点头,没回答。她想说的是:"请转个圈子再来接我回到刚才出发的地方。"但她克制住自己没说。

他再等了一分钟,他的手肘从座椅顶端往后一伸。随即他问道,语气依然耐心温和:"您是否没带钱?是不是?"

她依然没说话,打开手提包,拿钱给了他,打开了车门。她跨出车门时不由得打了个寒颤。

但是,她上楼到他门口时,却坚定地伸手按了门铃。她现在已经无法回头了。不再有犹豫不决,不再有后退之路了。

他开门出来,意气相投地相互打了个招呼,非常随意,甚至还握了握手。

"哈罗,马德琳。"

"哈罗,维克。"

当她第一次扫视了一下一个男人的房间时,她就像一个女性来访者那样说了几句通常的客套话。"非常好。我还不知道你有这么个舒适的地方呢。"

"我搬来时就是这样,没添加什么东西,也没搬走什么东西。是我的一个朋友的,他结婚了,就和他妻子搬去乡村住了,把这个地方让给我了。我还是按照旧的房租付费。好像偷来的一样。"

"你在此住了很长时间吗?"

"两年半了。"

那么,她在这儿和他一起住过。这是她住过的地方。

马德琳还是问了句。没理由不问问。

"你妻子在这里和你一起住过？"

"是的，斯塔尔和我在这里度过了我们的婚姻生活。"她看到了他脸上又呈现了陈年痛苦的神情。那份痛苦，那份缺憾，不会消失的。

他拿出了雪莉酒，拔出瓶塞，倒了酒。酒不冰冷，但空杯子是冰冷的。他学会了那种小窍门，她也知道。

他递给她香烟。她自己也有，但她还是拿了一支他的烟，显得和谐。结果发现他们抽的是同一个牌子。他们为此笑了笑。

"想听听音乐吗？"他问，"或者你不喜欢？"

"我喜欢，我觉得那太好了。"

"喜欢听什么音乐？"

她想了想。"《蝴蝶夫人》里的《晴朗的一天》；《波希米亚人》里的《穆赛塔华尔兹》；《托斯卡》里的《今夜星光灿烂》；也许再来首《风流寡妇》里的《薇丽亚之歌》；还有《嫉妒探戈》《四月的葡萄牙》之类。我喜欢音乐之后来首歌曲，我不喜欢快速单调的音乐。"

"我都有。我把音量放低点，"他说，"这样我们聊天会更舒服点。"

他去调整唱片，按了下控制杆，唱针转动滑出，又滑进去，放下，好像是某个拥有自动智能的东西。然后他回来，坐在沙发上，面对着她。沙发将是他的停尸架。

他们坐着半转过身子，互相对着，随意松懈，闲聊着。

"我非常喜欢你，马德琳。"他在某个时刻说。

她清楚他指的是什么。那不是爱情宣言。你不会倚靠着一只手肘，跷着二郎腿，说我非常喜欢你，意思是指爱情。他已经有过他的爱情了，他只是作为一般朋友喜欢她，他们志趣相投。

她不知道该怎么回答，所以她只是说出显而易见的事："谢谢。听到你这么说总是很高兴。"

第二杯雪莉酒之后，他起身开始他的准备。

菜肴太好了。他未必是个全面的厨师（他说过不是），但他知道几个菜，知道如何烹调得好。

但她的关注点不在菜肴上。

场景很美妙。只是景里的人不对。这个场景如果是两个恋人就完美无缺了。或者就是两个朋友也会饶有趣味。这单身公寓房间舒适宜居，朴素大方，却又不失体面。桌子色彩明亮，令人精神振奋，音乐声音轻柔，富有魅力的女人和英俊潇洒的男人之间氛围亲密。但他们既不是恋人，也不是朋友，他们是杀手和即将被杀者。

在他谈论什么事的中间，她再次瞥了一眼房间那里放在沙发上的手提包，她放在那里的，里面有一支手枪，随后回头又面对着他。

不，这么做全错了。来到这里，享受了他的晚餐和好客，然后就在两人注视下，开枪击毙他。这太可恶了，这是怯懦，这是最恶劣的背叛行径。然而，她还有其他路可走吗？没有其他路可走了。藏身某处等待着，在他出了出租车，走上门道进口处时开枪射击他？上楼去，按他门铃，等他开门出来时射击，让他措手不及，毫无戒备？那都是暗杀的勾当，比如黑社会啦，嫉妒的女人啦，昔日有着难以释怀的怨恨的生意伙伴等才会这么干。她可不是暗杀者，这次也不是那种暗杀。这次是为了履行一个神圣的誓言而做的杀人行径。没有其他的路可走了，只有这条路了，公然地，对着他的脸，可能的话在他临死前让他明白为什么。

"我觉得你看起来脸色有点苍白，就在刚才。"他说。

她笑了笑，没有否认。

"但现在你脸色不白了。"

他在咖啡里掺入轩尼诗酒，然后两手各端一杯。

"我们端着咖啡去那里，好吗？"他的头朝沙发示意，"斯塔尔和我总是这样的，只要我们在家吃饭。但不是经常在家吃。"

她站起来，走了过去，两人又重新坐在刚才坐的地方，在沙发的两端。距离约五英尺。确实没什么理由让他们坐得更近些。

可我还是不知道，她心想。我得设法从他那里了解一下。我还是不知道究竟为什么她离开了他。

"这没有伤害到你吧？"她很直截了当地问他。

"没有什么？"

"没有让你回想起什么吗？"

"噢,咖啡。不,这类小事没关系。没什么相同的。杯子不一样了。和我一起喝咖啡的姑娘不是同一个人了。唯有我还是同一个男人。"随即他的痛苦来了,又消失了,"唯一伤害我的是一件大事——她离开了我。"

现在,我得让他说下去。我得让他说下去。

唱片终于到头了。最后轻轻地"咔哒"了一声,几乎突然停止了。他转头朝它看看,然后又征询地看看她。

"不要了。"她简短地说,几乎有点使劲地做了个手掌切下去的手势。该死的唱机,真不是时候,她心想。

"是不是挺突然的,她离开你?"她一直向他探身过去了一点。她意识到了,又强迫自己往后倚靠了。

"可怕的突然,糟糕透顶的突然。"他一口把杯子里剩下的咖啡喝完了,不像是喝咖啡,更像是喝白兰地,她猜测。

"有时这么做倒是更仁慈一点,有时不是。"

"在爱情里,这永远不是仁慈。"

我现在也不仁慈,我对你这么做,是吗?可我必须得知道。噢,我必须得知道——我为什么要杀你。

"再来一杯吧,"她说,虚情假意的同情——其实半是虚情假意,"当你喝着酒,你就容易说出来。当你说出来了,你就更容易忍受。"

他感激地看看她。"我从来没有对任何人说起过。你看看,也没有什么人可以说。"

"现在有了。"她哄骗似的说。

他在酒杯里倒了轩尼诗,大约四分之一杯。然后他端在手里前后晃动着。

她抓住这个机会。如果她只是坐着干等,也许他就不说下去了。"有过争吵吗——就在之前?"

"没有时间争吵。"

"噢。"她说。

"开始时是某种发作。我不知道最后她会离开我的。我直到几个星期后才明白过来。"

"但你说——"

现在来了。开始了。开始说了就没什么可以阻止了。好比你拧开了水龙头后,龙头的把柄断了。或者好比一块岩石从岩石坡上滚下去了。

他指向靠近对面墙壁的地方,离他们稍远点。"她倒在那里的地毯上。看到我指的地方吗?她极其突然地倒了下去。像块石头一样硬邦邦地倒下去了。"仿佛是让她放心,他说,"不是同一块地毯。别紧张。我已经换过了。"

"疾病?"

"开始我不知道,说不出来。她有意识,她的眼睛一直睁开着。但她不能说话,或者不愿说话。她不断剧烈扭动,好像是抽搐。嘴里流出白沫,一阵一阵地喷出来。银白色,一小摊一小摊泡沫。

所以我以后换了地毯。她开始啃咬地毯。她用牙齿啃出一小撮一小撮地毯毛。"

此刻,他脸上淌下了汗水。

斯塔尔?难道这就是以后躺在我怀里死去的同一个斯塔尔?她是那么的安静谦逊。"不会是偶发性的精神失——?"

"不,"他马上说,没等她把话说完,"我帮不了她。每次发作时,我试图靠近她,她就变得更糟。如果我试图把她抱起来,她会扭动得更凶猛。实在无法控制了。她全身会抽搐,几乎就像一个病人经受电击疗法一样。"

他咽了口酒。他看起来仿佛继续说下去会把喉咙膜扯破一般。

"我最后只好打电话叫救护车。实习医生就在她躺着的地上给她做了检查。他说是休克,急性休克,情绪性休克。他说在士兵身上见过,在朝鲜战争期间。他给她打了一针让她安静,当然,再送她去医院。"

此时,他又喝了口酒,更糟的一口,更伤感情的一口。

她抓住机会,把手提包拉开了一点,仅仅是她手掌大小,伸手进去,抽出一条手帕。上面洒了点科隆香水,但也无济于事。她把手帕递向他,他伸手接过,擦了擦湿淋淋的前额,然后紧紧捏在手掌里。

"她躺在担架上从那扇门里被抬了出去,那是我最后一次看到她。至今我再也没能见到她。从那个夜晚起,她再也没有回来过。"

"可是——你怎么没和她一起去医院？难道丈夫在妻子发了那样的病时不是通常都陪她一起去吗？"

"她不让我去。她的病持续得太可怕了。你看，那一针没那么快就起作用，她一定是听到我说和她一起上救护车去，她就开始呻吟，恳请他们别让我靠近她，她不想让我靠近她。最后，那个实习医生把我拉到一旁说，如果我不去也许更好。这个建议似乎在她身上发生了兴奋的作用。等一下，给她一点时间安静下来。他还说，他不觉得有什么可担心的，那只不过是某种神经系统的危机。

"所以，我就在房间里踱来踱去，整整一夜。"

他突然停下来了，看了她一眼，眼神很特别。他说，"我为什么要和你说这一切？"

"我不知道，"马德琳平静地说，"有时每个人都觉得有必要告诉某人什么事情——这次，我就是那个人。"她随即补充说，"说完吧。你已经对我说了那么多，再说下去也无关紧要。我很想听听后来怎么了。"

"后来的事就很少了，"他说，"我给他们时间送她去医院，然后我给医院打了电话。他们已经让她进了病房——我安排了一个单人病房——他们说她已经睡着了。

"我一整夜都站着。第二天，我首先就去了医院，他们告诉我，她休息得很安静，但我必须要有耐心，我还不能见她，她还不能受到任何打扰。

"晚上我又去了。那里换了个护士值班，也对我说了同样的话。

"哦，开始的三天，也许是四天，我能理解，我能接受。"他攥紧了拳头，然后又摊开手指，"可是一连三个星期——三个星期——三个星期——"他一连说了三次——"我每天去医院两次。共去了四十二次。在这几个星期里，不知从什么时候起，我终于明白了。开始时可能是医院有规定，但这次是她自己决定不让我见她了。她一定是决心拒绝我见她，吩咐他们别让我进去。我甚至连打个电话给她都不行。每次总是护士来接电话，就是不让我和她说话。我试图写信，可信件都没打开就退回来了，塞在医院打印的信封套里。"

"后来呢？"

"后来，第四十二次我去医院时是第二十一天的晚上。那次我得到了不同的信息，护士告诉我说她已经在那天上午出院了，没有留下任何转信地址。他们也不知道她去哪里了。"

他沉默了片刻，她认为他已经说完了。

但是，还没有。突然，他又说了下去，"那个护士很老于世故，你知道的，这些护士都是。她很仔细地看着我说，'我不知道你们之间发生了什么，赫里克先生。她没对我说，我也不想知道，这与我无关。但是，难道您不认为，为了她的缘故，从现在起，您离她远点不是更好吗？别去追踪她，别去找她。那个年轻姑娘在我们这里几个星期了，她不笨，她也没有做作。她真的是得了病.'她从桌子的抽屉里拿出一个非常小的信封，就是那种她们放药片和胶囊之类小东西的纸袋，交给了我。它封了口，外面没写字。我没撕开，拿着回家了。"

"里面是什么？"她问，看到他明显地停顿了。

"你真希望我告诉你里面是什么？你不想让我有所保留，是吗？"

她一只掌心面向上的手很沉着地做了个手势。

"里面是我们的结婚戒指，她的那只，我给她买的。还有另一样东西，太可怕了。我想没有一个丈夫会得到这种东西的，从他妻子那里，从他出走的妻子那里。"

他再次显得不能说了，但这次她没再催问。

"一张厕纸。已经弄脏了。它包着戒指。戒指就被裹在其中。"

她缩回手捂在嘴上，条件反射地感到惊愕。

之后，他不再说什么了。他已经告诉了她最终的事了，还有什么可说的呢？

现在该她说话了，说完之后，让他去死吧。

"我曾见过斯塔尔一次。"她平淡随和地说。

她可以看得出他没认为她在说真话。"你什么？你说什么？"

"我曾见过斯塔尔一次。"

"她离开我之后？"

"她离开你之后,对。"

他脸上显出了希望之光,这么快。如同一片激情的火焰。他两眼发亮,充满希望,显得英俊了。

"不,不。"她马上说道,脸色冷峻地对他摆摆手。

"别抱希望。别。如果你抱希望,你会加倍地受到伤害。"

他的脸色再次面如死灰,失去希望了。

天哪,他是多么爱她啊,她心想。可是,他究竟对她干了什么呢——?

他的嘴张开着,无声地乞求,静默地恳求着。

"是的,我会告诉你。我会把一切告诉你,一切。就像你把你的故事告诉了我,从你嘴里,我会把我的故事告诉你,从我嘴里。真有趣,我们两个居然会碰到一起的,把两个故事拼到一起,我们就得到了完整的故事。是不是很有趣?"

"快讲。"他喘息着说,几乎像个快要干渴而死的人。

"那是去年五月,一年前。我打算自杀。"

"为什么?"

"你想知道?很难记得当时是为什么了。因为生活没有意义了,我想。因为——就是因为。我有把手枪,父亲留给我的唯一财产,他酗酒而死了。我把枪顶着脑袋,真的扣动了扳机,可是,枪没响。"

"真是奇迹。"他吸了口气。

"我也是这么想的。我觉得重生了。我跳了起来,正想去快乐地跳舞唱歌一番。我就把枪一扔。结果——"

"怎么了？"

"手枪走火了。子弹射出窗户。你肯定想听吗？你肯定吗？"

"别折磨我。"

"那就是我遇见斯塔尔的时候，她是被子弹射中的人，她死在了我的怀里。"

她停下了。没什么可对他说了。

她在思忖，他会哭吗？他会呻吟吗？他会干什么？如果他这样的话，她会看轻他——她不喜欢啜泣的男人——可是，她又有什么权利去规定他以哪种方式表达哀痛呢？

好一会儿他一动不动，就呆呆地坐在那里，一脸茫然。

然后，他端起白兰地酒杯。她觉得他要一口喝干了。

可他却站了起来，震惊得不知所措，身高六英尺的他。只见他猛地把酒杯一扔，酒变成了琥珀色的彩虹雨洒向整个房间，酒杯砸在墙上，爆裂成数百个碎片。

"谢谢，生活！"他高声吼叫着——"一千个谢谢！一万个谢谢！"

然后攥紧了拳头，如同一头野兽对着踢了它的主人般的，龇牙低吼，直愣愣地盯着天花板。但她明白他不是真看着天花板。

"至于你——！"

她迅即走向他，用她的手捂住他的嘴巴。

"别这样,"她提醒他,口吻近乎迷信,"不是的。难道你还没有受够惩罚吗?你还想乞求更多的惩罚?别因为你自己做的什么亏心事与你的上帝对抗。"

"他不是我的——"

她立刻用手再次捂住他的嘴巴。随后他萎靡了,所有的反抗都消失了。他转身回到沙发,软绵绵地倒在沙发上,仿佛没有了骨头,一堆稀泥似的。

"我自己做过的什么亏心事,"他无精打采地不断重复着她刚才用的词眼,"我自己做过的什么亏心事。"

"肯定做过,"她最终说,声音低沉,几乎听不到,"为什么姑娘会那样离开你,为什么归还给你玷污过的戒指?我再告诉你一点别的事吧,维克。她希望你被杀掉,斯塔尔希望你被杀掉。究竟是为了什么事?究竟你对她做了什么事?"

她观察他,研究他。她能看到他的脸色出现了变化。一副从未有过的神色。不是挚爱和失去斯塔尔的痛苦。不是听到她死讯时的悲伤愤怒。不,是另有其事。

她设法解释,她想她解释出来了。

只要他所爱的人还活着,和他在同一个世界,即使他们分开了,没什么能缓解他对她的渴望,狂热,痴迷,你可以用任何字眼来描述。没什么其他事更重要了,没什么其他事更有关系了,没什么其他事更有存在意义了。没有对,也没有错,没有善,也没有恶。

可现在她不在了，离开了这个世界。

源自她身上的激情火焰，即使只是存在于他内心，不存在于其他地方，现在也已失去了来源。而当激情火焰失去了来源，只能减弱，消退，熄灭。激情火焰无法存活在记忆里。

她能看出他坐在那里时，激情火焰正在熄灭。恐怖感来临了。这已经写在他的脸上了，他的眼睛睁得又大又圆，闪烁着恐怖的神色。燃烧的激情火焰原本已经把某些事情，不堪入耳的事情拒之门外，不予接受，此刻却像一把燃烧着，慢慢卷刃的剑，毁灭了。现在，剩下的只是残骸，蠕虫，蛆虫，害虫，所有令人畏惧，肮脏恶臭的东西，都向他慢慢爬来，将他团团围住，渐渐逼近，以他为食，占据他的全身。

而他，在它们中间，已经身处这个世界从未得知的地狱，也不是相对于这个世界的那个地狱。

她能在他脸上看出这一点。简直过分可怕，不忍直视。她低头看着自己的膝头，渐渐软弱，胆怯起来。

她能听到自己的话语在回响着，在这个房间里隐隐约约地萦绕耳际，尽管说这话似乎是很久以前说过。"究竟是为了什么事？究竟你对她做了什么事？"

突然，他做了回答，一切都结束了。

"因为我是她的亲哥哥！"

在随之而来的空洞寂静之中，传来了遥远的声音，来自过去，在她耳中隆隆作响，犹如厄运的不祥之兆；也唤起了记忆中有人曾说过的事情，她也读到过。

她仿佛又听到了夏洛特·巴特利特的遥远声音："在斯塔尔出生之前，我们先有了个小男孩。后来我们失去他。他从这个世界上失踪了。刚才他还在门前玩耍，可转眼之间就没了他的踪影。"

斯塔尔自己在给她母亲的一封信里说："那种小男孩的眼神，那种丈夫的眼神。我伸手抱住了他，几乎全身都吊在他的头颈上了，我亲吻了他不下十八次。"

德尔，在回忆时吐露过心里话："我能说出他什么时候开始和她在一起。那些暴露实情的小迹象出卖了他。疲倦，所有的活力耗尽了。脸颊凹陷，太阳穴凹陷，二十四小时内又消失了。再次出现是在四十八小时内。"

甚至医院里的那个护士，照他的说法："她真的是得了病。我不知道您对她做了什么，但是请远离她吧。"

她猛然站了起来，倒不是脸色苍白，而是黄黄的一脸病容。

"洗手间在哪里？快——！"她声音哽塞地问。

"那里——门上有镜子的——"

她一下子拉开门时，镜子把房间里的亮光反射了回去，之后，随着她几乎是马上出来，亮光又反射了一次就像是自来水控制台。

"虚惊一场，"她自嘲地说，不是对其他人，"我的胃肯定强于我的——"

她四周看了看,找轩尼诗,找到了,也没有问他一声,就自己倒了点。她倒进了一个小酒杯,一口喝掉。她需要这么做。

她在沙发上坐下,没朝他看。之后,两人陷入了长久的沉默。他似乎忘了她还在。而她无法忘记他在场。

"你们结婚后过了多久你才发现的?"她突然问了一句。

他固执地摇摇头。"结婚前我就知道了。"

她今晚已经体验到了各种情感,如果还有什么新的情感掺和进来的话,那就这一次了。她感到又厌恶又惊愕,却又总觉得不可思议,"你知道了,那你还要进行下去,和她结婚!"她简直感到窒息了。

"我爱她。我甚至为她而离开了我的妻子。"随即他想想,又纠正地说,"我第一个妻子。"

"别这么说。"她说,恐惧得脸部扭曲了。

自从此事公开挑明了之后,他第一次转过头,直视着她。她的眼睛转开了,目光逃向远处的一个角落,极力设法脱离他的目光,拒绝容忍他。"我从来没有像我爱她那样爱过其他人。你难道看不出来,当你提到她名字时我的表情?你难道不明白,当谈起此事时我说话的方式?

"我和她结婚时我是知道的。她不知道。我娶她时睁大了眼睛。在那时,有什么不同吗?"

"什么是不同?"她喘息着问。

"还在我和德尔生活期间,我们就已经睡在一起了。婚姻并没有带来什么新的东西。我不想要一个情妇。我爱她就像一个男人爱他想娶的女人——我们真的结婚了。

"那并没有那么可怕。那只是观念让你感到害怕,让它听上去可怕。"

"那是受到诅咒的,"她尖锐地插了一句,"那不纯洁。那是被禁止的。"可他根本听不进去。

"我们是完完全全的陌生人,"他说,抬高了声音自我辩解,"即使我们曾经在孩提时代一起生活过一年——甚至半年,一个月。但我们之前在生活中从来没有看到过对方,直到我们相遇了,我开始爱上她了。再也没有别人像我们一样起初是完全的陌生人。唯一相同的是血缘。可血缘又知道了什么呢,血缘又是怎么表示出来的呢?表兄弟姐妹之间常常结婚。在古代的埃及,统治家族的法律就是兄弟娶姐妹。那是传统。只是因为现在成了禁忌才让人感到震惊罢了。"

"那是异教徒。现在是基督教。我这么说的意思是犹太教,伊斯兰教都是如此,无论你怎么说,按照这些宗教,那都是要受谴责被定罪的。这条禁忌本身就是个理由,"她冷静地说,"这是绝不能违背的。"

"你看这张美丽的面容,"他梦幻般地说,"你爱上了这张美丽的面容。你爱上了这个美丽的人。然后你发现,只有那么一小会儿，在生命之初，你在一个女人怀里吃奶长大，而这同一个女人以后又喂奶抚育了她。但是，如果你已经爱得欲罢不能了，再要区分不同已经太晚了。这看起来并没有什么关系,这只会煽风点火，让你爱得更深。现在你爱的不仅仅是她,你还爱的是增添的亲密感，这份亲密感让你每次都带来更多的亲近。你的拥有感，获得感更加增强了。"

"你不是在试图说服我，"她沉闷地说，"你是在试图说服你自己。这已经写在你的脸上了，罪恶，恐惧——"

"是的,因为她现在已经不在人世了。她不再生活在此,把罪恶、恐惧拒之门外，让我忘却。"

"你不能埋葬你的良知，你不能完全丧失它。你是在毁灭你自己。现在你无法忍受生活了，可你却又害怕死亡。或者你应该如此的。"

他垂下脑袋，承认了。

"你起初是怎么发现的？"

他说话时，头依然低着，没有抬头看着她。"很简单，没什么复杂。我母亲大约在七八年前去世了。在她去世前的晚上，我坐在她床边，她告诉我说，在她临死之前她想了却一桩心事，如果她这么做了，她会感觉好点。这听起来就像是一出古老的传奇剧，我知道，但确实是这样发生的。

"她还是个年轻姑娘时，那个让她怀孕的家伙抛弃了她。生下来的却是个死胎。这事折磨着她的心,我估计,一时间让她变得怪异了。

"她谈到有一天她走过某条街时,看到一个小男孩在一个房子前玩耍。她说了街名,甚至还说出了那房子的门牌号。她说,她忍不住了。在还没明白她在干的事之前,她已经拉着孩子走在街上了。

"转过街角,她带着孩子就上了一辆出租车,让出租车送她去了一个虚假的地址,完全远离她真正居住的地方。然后,在那里,她上了一辆公交车,回到了她的家里。

"她们住在那种老式的私房里,就她和她母亲,所以她们至少是安全的,避开了邻近公寓里邻居的窥视。我不知道她们是如何避开的,但她们做到了。我猜想,在住那里的其余日子里,她们让我一直待在家里,远离窗户。比起六十年代来,在三十年代做这类事更加容易点吧。她的母亲坐在轮椅里,即使她想反对,也干不了什么事。可她却完全赞同了,因为那会让她女儿开心,而且很快,她已经变得非常喜欢我了。

"一旦这么做没什么危险了,过了大约一年左右,此事引发的轰动大都平息了,她们为了谨慎起见,卖了房子,搬到了乡村的一个地方。

"然后,我父亲出现了——我说的是她以后要嫁的那个男人——向她求婚,她对他说了过去曾受到过的诱奸怀孕的事,但没说其他事，让他认为我就是那个孩子。他娶了她，无论如何，他终生不光是个好丈夫，对我还是个好父亲。

"就是这么简单。

"以后我遇见了斯塔尔，在我们第一次开始做爱后，过了大约一个月，一天夜里，她躺在我身旁和我说话。你知道，在这类场合，人们往往会谈论自己的各种事情。她提到父亲的酗酒，并且说那是由于母亲的怨恨造成的。母亲怨恨是因为父亲哄骗母亲怀了她，斯塔尔，而母亲当时根本不想再要孩子了。接着她又谈到了她年幼的哥哥在她出生前就失踪了，再也没找到。很随意地，她提到了失踪事件发生时她家一直住的那条街名和房子的门牌号码。我根本还没问过她呢。那正是我母亲告诉我的同一条街，同一个房子的门牌号码。

"我明白我就是那个孩子。"

"你没什么表示吗？她没看出来你很惊讶吗？"

"我们在黑暗中。她看不清我的脸。"

"而你从来就没告诉她吧。"这不再是问问题了。

"自始至终没说过。"

"那么，她又怎么发现的？"

"一定是我的前妻，德尔干的。我一直找不出原因，但不可能是其他人，只有德尔了。

"那一个晚上，斯塔尔和我一直在做爱。后来我闭上眼睛，半睡半醒。好像很遥远的——你知道,当你半睡半醒时听到什么就是那样的——很遥远的地方有电话铃声。其实电话就在床边,但我眩晕无力,没接,所以我猜一定是她接听了。要是我接听了电话,也许我们今天还在一起,我们两个人。我甚至没听到她说什么。就一件事很清晰。她一定是抬高了声音说了什么的,就在那一点上。我只听到一句。'你一定疯了!'接下来我能感到她在摇我,摇我,好像快气疯了。我没法一下子清醒过来,我连眼睛都睁不开。我听到她在问,'你是收养的吗?你是收养的孩子吗?是不是?'她不断在摇晃我,直到我嘟嘟哝哝地说是的。然后她又问,'你出生在哪条街,哪个房子门牌号,在你被收养之前?告诉我街名和门牌号。'我只想要她别再摇晃我了,让我继续睡觉。我就说了地址,两眼闭着。就这些了,我们两人都没再多说一个字。

"突然,灯光都亮了。最终让我睁开了眼睛,我终于醒了。只见她在房间里跑来跑去,在房间里跑来跑去。我无法告诉你她当时是怎样在房间里奔跑的。就好像——好像被可怕的猎犬追逐着。我跳下床来,追过去。就在这里抓住了她,就在我们现在的这个房间里。我问她出了什么事,我伸手抚摸她。可她一碰到我的手就倒在地上,就像我告诉你的那样,休克了。"

这可不是微不足道的伤害,她心想,不是微不足道的卑鄙,不是小小的不幸。这可是个滔天大罪。难怪斯塔尔想要他死。他活该去死。

她拿起手提包,竖放到膝部上,一只手摸着包的外角。她猜测他是否会想到包里是什么。怎么可能呢?但他会想到的,很快。

"你不问问自己为什么我今晚来这里吗?"

"已经过去很久了,"他无精打采地说,"我才知道她已经死了。现在我想起来了,你是来这里吃晚饭的。"他看看他们刚用过的桌子。"我们确实吃了晚饭。很久以前的事了。"

"可这就是我来此的所有目的吗,一顿晚饭?我哪里都可以吃到晚饭。我们没有恋爱。我们甚至连亲密朋友都算不上。"

"那你来干嘛?"

"我告诉过你,她死在我的怀里。现在你明白了吗?"

他很奇怪地看着她,仿佛是突然有了一阵不祥的预感。但他没承认他明白了。而且他没有显示出一点害怕。

"我追溯着她的脚步,"她告诉他,"那些她离开你后所走过的脚步。你想知道这些脚步送她去了哪里,去什么地方吗?"

"我想知道任何有关她的事,"他说,一如既往地毫不知足,"任何有关她的事都是我想知道的,我想听到的,我想被告知的。因为那会把她再次带来了,哪怕一小会儿时间,那都是她带来的所有的激情,所有的喜悦,所有的赞美。"

"她的赞美就是羞耻和黑暗,是你给予她的,"她对他厉声说道,"医院,可能已经治愈了她的休克症状,但是她在走出医院时仍是个病中的姑娘,她病在心里,病在灵魂里。她走在阴影下。她躲开了，试图躲开这个阴影，住在一个简陋的房间里。我去过那里。我能看到现在她还在那里，正如她一定会在的那样。遮阳窗帘一直拉到底，整天如此，躲避生活，试图把它赶走。有时在床上颤抖，即便不是受凉感冒。半夜里从发着烧的睡梦中醒来，恐惧绝望地尖叫。

"她看到了能驱除那些阴影的唯一方式，从内心清除阴影的唯一方式。唯一能获得净化的方式。她是在宗教影响下成长的，该宗教禁止在神圣的土地上为自杀者行使最后的仪式或者葬礼。那条路对她不通，否则她一定会走这条路的。可是她又由于自身经历，太害怕了，无法毫无安慰地直面死亡，永恒地作为一个遗弃者躺在那里，被亵渎，得不到宽恕的祈求。于是，她就选择了另一种犯罪，另一种罪过，也许是两者中较轻的那种，谁知道呢？更可以赎罪的那种。那就是能够从根源上清除或者说根绝吞噬她的不贞洁的方式。那是能让她获得心灵平静的唯一方式。

"她离开了那个房间，暂时不住，回到了她母亲那里。想让自己精神振作一点，同时做个准备。"

她看到他的眉毛不由自主地抽动了一下。

"她买了一把手枪，"她说，"在我手里。持枪证是她的名字。"

她看到他的眼睛扫了一下手提包，然后又看着她的脸。

他明白了，她对自己说。他明白了。

没有恐惧。也没有自我保护的意图，也没有任何诡计多端，精于算计的神色,没有如何最好地躲避或者以智取胜的谋划。她没有这种印象。这更像一个人在尽可能耐心地等待某件有好处,有益处的事情到来。

"在许多方面,一个女孩要获得持枪证远比一个男子容易。至少,如果持枪证管理部门知道她是该社区的终生居民,名声很好的话。她可以以防性骚扰为理由,无论真实的还是虚幻的,害怕深夜回家时受到跟踪或有人不怀好意地上来搭讪;如果她独居一个房间,害怕有人闯入或进入,或者就像斯塔尔的情况那样,和上了年纪的妇女一起住,多次接到古怪或猥亵的电话,还有诸如此类的许多事。

"我不知道斯塔尔是否也这么做。但我知道她的确获得了持枪证,有了枪。她很公开地在一家体育用品商店购买的。

"当她正要返回这里来时,她母亲猜测到许多情况,对整个事情深感不安,于是从她上锁的包里偷偷拿出了手枪,藏了起来。我一步一步地追溯着斯塔尔的行踪过去时,她把手枪交给了我。"

这次他不再看她的手提包了,但她能从他眼神里看出来,他想看看。

"斯塔尔再次返回她第一次住过的同一个房间时才真正发现手枪不见了。我猜测她会设法在这个城市里再买一把枪,这原本就不会是件容易的事。但是,就在她能想出什么办法前,她碰巧走过我那房子的底层窗户——结果她就不再需要枪了。我成了杀死她的工具。"

她看到他的一只手紧紧地握着喉部,仿佛是那里有什么伤妨碍他呼吸了。

"于是我发誓去完成她活着时最想做的任何事。她的生命只剩下一堆残骸了。

"而在所有的一切事之中,她最想要你死。"

听到此话,他以一种听天由命的默许,缓慢地点了点头,仿佛说:如果她想这样,那就这么办吧。

"我之所以发誓完成她的心愿,是因为我夺走了她的性命,所以我必须从她的立场来做我阻止了她想做的事。"

她终于打开手提包,取出了手枪。他稍微畏缩了一下,极为短暂,如同你知道痛苦即将来临时那样。必要的,仁慈的痛苦。然后,他更为正面地对着她,仿佛要给她一个更好的射击面,他深深地吸了口气,听上去几乎就像是一种解脱。

从那时起,在她待在房间里剩余的时间里,他没再说一个字。

尽管手枪侧身拿着,枪口还是直对着他,她没有抬起拿着枪的手。

他开始向她靠近了一点。这倒并非是他企图缩小他们之间的空隙,以便夺枪或者阻止开枪。因为他一直把手臂放在原先的位置——他的两手现在已稍稍留在身后了——他只是上身向她靠过去了一点。他就像一个慢慢地准备跳水的男子,准备跳入死亡。他甚至脸微微上扬，仿佛是试图帮助她动手，试图配合她。他的眼神在恳求、乞求，她不可能看错他的眼神对她所表达的意思。请求得到只有她才能给予的礼物。死亡礼物。干净利落的死亡礼物，随后就不再有恐怖，不再有恐惧，不再有任何事情，只剩虚无。

他的舌尖甚至悄悄伸出嘴角，快速舔了舔上下嘴唇，仿佛是不加克制的期待。

然后，他眼睑垂下，等待着，呼吸稍快，但呼吸得满怀希望。而不是退缩。有点心急地等待着赎罪的荣耀。"你自由了。"上帝赐予人类的最大礼物：死亡。

"可是我不打算干了，"她说，语气就和他们早些时候坐在餐桌旁一样，"我无法动手。现在我明白了。这不关我的事。我为什么要干涉？谁给我这个权利，谁给我这个义务？我有自己的幸福，我自己的平静要考虑。我已经造成了一个人死亡，已经夺走了一条生命。我为什么还要再加上第二条生命呢？那样会让我对夺走第一条生命在良心上更好过吗？不。我为什么要为斯塔尔清算欠债呢？那样只会在我手上增加新的欠债，对你，是吗？在你之后，谁又是下一个呢？一个接一个，一个接一个，就像无穷无尽的链条上的链接。假如她能如同我现在这样看着你的话，也许她终究不会要你死的。对你来说，迄今为止的最大惩罚就是别死去。我想对你而言，生不如死。而死亡将是——逃脱惩罚。所以，斯塔尔终究还是完成她的心愿了。

"我的手不再会干预你的命运了。"

他的两眼已经突然睁开了，惊呆了，却又含有责备，早已如此。

她站了起来，随着她的起身，手枪滑出了她的膝部，滑进了沙发内角。她没有动手去捡。如果她看到它了，对她而言，它已失去了所有的意义了。她的全身的感官过于沉浸在这个形而上的问题里了，只关注到他们两人，她周围无生命的物体没有影响或存在感。

他似乎也没有注意到枪。他一直看着的是她的面容，眼里是忧烦、恳求的神色，极其紧张，宛如在脸上横劈过的一道白色的疤痕。没有其他表情了。直到最后，他还是两眼紧盯着她，无言的祈求。

她打开了房门，回头看看他。"再见，"她轻轻地说，"愿上帝宽恕你的灵魂。你可怜又可怜的灵魂。"

她关上了门，把他的景象关闭在外。

她一路奔跑，奔跑，再奔跑，穿过了夜晚中无数的走廊——如同斯塔尔当初奔跑在他的床和他房间门之间那个永难企及的距离一样——她奔跑了数英里，奔跑了数小时，穿过了无数的拐角，无数的这条路或那条路，无数的上坡和下坡，无数次穿行过稠密的出租车流，无数次迫使出租车刹车，推开周围的门卫和电梯操作工伸来的扶持的手臂，直至最后停止了奔跑，一动不动地躺下，一只手掌里仍攥一把白色小药丸，另一只手里拿着一个空了一半的小瓶子。

经过了镇静剂诱导的睡眠之后,她在早晨睁开了眼睛,不知怎么,她立刻就明白了。他不再和她同处在这个世界上了。他死了。

她太确信了,太肯定了,所以她几乎没再想费心去证实一下。她打扮穿戴完毕,就走到窗前,如同她昨天那样,站着向外远眺。昨天似乎是多么的遥远啊。

她抬头看看天空,飘浮而过的朵朵云彩宛如一团团蓬松的雪白棉花球,有些在飘动过程中逐渐散开。没有他的世界是个更好的世界吗?或者是更糟的世界吗?都不是,她明白。这是个让人忘却的世界,它甚至还不知道他已走了。少了一个活的灵魂,仅此而已。

她凑巧瞥了一眼手腕上的手表,离整点还差二十八分钟。正好赶上为时半小时的最新新闻。她很可能错过了播报内容的要目,但那肯定都是政治性的,非常可能又是关于刚果。她旋转着小收音机的旋钮,这收音机的优点是无须费时预热。广播在某条新闻中突然插播了在西区发生的涉毒枪战新闻。她收听完了全部的新闻广播,没听到任何涉及个人的消息。

随后,又开始播放音乐了。她让收音机开着,但不再去关注她听到的内容了。她有了一阵冲动,想关掉收音机,关掉电灯,她还记起了过去她也曾有过这么一次,当时她最终拿起了父亲的手枪,紧紧顶着自己的太阳穴。

要是她扣动扳机,枪口发射出子弹就好了。她想起了弗农·赫里克,他告诉她在塔拉瓦负伤的事情时,他两眼圆睁。他说得对——有时候死去的人是幸运的人。

> 你和我,聚一起的孤单人,
> 在我们自己的小乡村里,
> 那里只有两口人——

她大吃一惊。是她陷入了幻觉吗?还是她的歌在收音机里播放?

曲调不熟悉,她从未听到过。但歌词是她的,就是德尔给予好评的那段歌词。其余的歌词如同旋律一样的不熟悉。她一直听着这首歌,为之入迷了,在歌尾,她的那段歌词又回来了,使歌曲达到了高潮。

> 你和我,聚一起的孤单人,
> 在我们自己的小乡村里,
> 那里只有两口人——

这就很容易猜测肯定发生过的事了。比起德尔愿意承认的是,她对这段歌词的印象更为深刻,所以就把这段歌词转交给一个专业的歌词写手。而他则把这段歌词融合进了一首歌里,肆无忌惮地剽窃了,现在有个歌手灌了这首歌的唱片,在广播里播放。它或许还会成为热门歌曲呢。

真有讽刺意味,她心想。有那段特定歌词的一首歌居然在她人生中的这个阶段成为流行歌曲了。

因为她就在此地,一如她在开始时那样。依然孤独一人,在她自己的荒凉孤岛上。

这里只有一口人。

她正在旋转收音机指针,想在另一个电台里找到这首歌。就在此时,有人敲门了。

警察,她想到。

她关掉收音机,走近门口。"是谁?"她大声问。

回答声很沉闷。她无法分辨是谁。

"是谁?"

"为什么不开门看看呢?"

是他的声音!她的心一阵狂跳。她开了门,一看到他心情非常激动。

"发生了一件有趣的事,"他说,"我经历了你一年前肯定经历过的事,只是手枪没有走火,也没有发射击中什么人。所发生的事占据了我的心,但它也增强了同一件事。那就是,我选择生活下去。"

她的心"怦怦"乱跳。她看着他的眼睛,感受到了他的力量。
"你选择什么,马德琳?"
她倒在他的怀里。他紧紧地搂抱着她,轻轻地抚摸她的头发。

你和我,聚一起的孤单人,

在我们自己的小乡村里,

那里只有两口人——

难道她没有关掉收音机吗?当然她关了。但音乐在她心里,在她脑海里回响着。之前,她曾选择过生活下去——独身生活,有目的的复仇生活。现在,她再次选择生活下去——和他一起生活,在爱情中生活。

音乐声更响了,淹没了一切的思绪。